W0343815

MON PÈRE M'A VENDUE

SEAN BOYNE

MON PÈRE M'A VENDUE

traduit de l'anglais
par Anne Bleuzen

ARCHIPOCHE

Ce livre a été publié sous le titre
Sold into Marriage
par The O'Brien Press Ltd.

Notre catalogue est consultable à l'adresse suivante :
www.archipoche.com

Éditions Archipoche,
34, rue des Bourdonnais
75001 Paris.

ISBN 978-2-35287-704-2

Copyright © Sean Boyne, 1998.
Copyright © L'Archipel, 2013, pour la traduction française.
Copyright © Archipoche, 2015, pour la présente édition.

Avertissement

La femme dont vous allez lire l'histoire a été victime de viols. Au début des années 1970, lorsque celle que j'appelle « Nuala », une jeune Irlandaise de seize ans, a été mariée de force par son père à un agriculteur bien plus âgé qu'elle, la notion de viol conjugal n'existait pas dans son pays. Un homme avait le droit d'obliger son épouse à avoir des relations sexuelles. Depuis lors, la loi a évolué et le viol conjugal est aujourd'hui considéré comme un crime en Irlande.

Malgré la promesse que ce mariage arrangé ne l'engagerait pas à avoir de rapports sexuels, la jeune mariée a vécu un cauchemar, elle a été attachée, violée et battue à de nombreuses reprises.

Bien sûr, selon la loi en vigueur en Irlande dans ces années-là, Nuala n'a jamais subi de viols, puisque les faits se sont passés entre époux, quand bien même il s'agissait d'un mariage forcé. Pourtant, d'un point de vue moral, cette femme est sans conteste une victime de viol. Pour le bien de ses enfants, elle tient donc à ce que soit préservé son anonymat, prérogative traditionnelle de toute femme ayant subi ce crime parmi les plus graves contre la personne.

Afin de respecter sa volonté, tous les noms de personnes et de lieux ont été modifiés. Quelques détails ont également été changés pour protéger son identité et celle de certains protagonistes de cette histoire. Les dialogues de ce livre ne doivent pas être pris au pied de la lettre – à l'époque, personne n'a pris de notes. Toutefois, ce récit retrace le plus fidèlement possible les événements tels que se les rappelle Nuala.

Introduction

Il lui a fallu plus de vingt-deux ans pour décrocher son téléphone. Je mentirais en disant que j'avais attendu son appel tout ce temps. Je n'avais rien oublié d'elle ni de sa terrible histoire, mais j'étais loin de penser que nos chemins se croiseraient à nouveau. Et puis le téléphone a sonné, au moment où je m'y attendais le moins. C'était un vendredi après-midi de juin 1997. Rien que de très banal *a priori* dans le quotidien d'un journaliste. Au bout du fil, une femme à la voix hésitante, plutôt tendue. Elle voulait raconter son histoire. Je dois admettre que j'étais sceptique. Il arrive de temps à autre que des gens veuillent se confier à des journalistes, sans avoir toujours grand-chose à dire. J'ai demandé à cette femme ce que son histoire avait de particulier. Après un silence, elle me répondit que, lorsqu'elle avait seize ans, son père l'avait donnée en mariage à un homme bien plus âgé qu'elle, contre de l'argent.

Je restai un moment stupéfait. Je sus tout de suite que c'était le fait divers auquel je repensais régulièrement depuis plus de vingt ans. Au milieu des années 1970, j'avais écrit un article pour le *Sunday World* sur une adolescente de seize ans qui avait tenté de se suicider après avoir été mariée de force par son père à un agriculteur quatre fois plus âgé qu'elle. En vérité, cet homme l'avait achetée. Mon article ne donnait pas beaucoup plus de détails. L'information me provenait d'une source confidentielle. Les différents protagonistes n'étaient pas nommés, mais la jeune fille avait écrit au journal pour contester l'article. Je m'étais dit qu'elle avait rédigé cette lettre sous la contrainte. Je ne l'avais jamais rencontrée et m'étais souvent demandé ce qu'elle était devenue. Certains détails terribles m'avaient frappé à l'époque, mais il m'était impossible d'en discuter avec elle. Et voilà qu'après toutes ces années, je l'avais au bout du fil. Ce ne pouvait être que la femme dont l'histoire m'avait durablement marqué.

Dans la salle de rédaction du *Sunday World*, tandis que je l'écoutais, j'eus l'impression que les poils de ma nuque se hérissaient. « Je crois savoir qui vous êtes », lui dis-je, avant de lui demander si elle venait de tel village, ce qu'elle confirma.

« Votre journal a publié un article sur moi il y a très longtemps », me dit-elle. « En effet. C'est moi qui l'ai écrit », lui répondis-je.

1

La cérémonie

Elle était assise sur la banquette arrière de la vieille Ford Anglia de son père, raide, dans sa robe de mariée. Sa mère se tenait à ses côtés. Souriant aux voisins venus saluer leur départ à l'église, son père s'installa péniblement au volant. Après qu'il eut tourné deux ou trois fois la clé de contact, le moteur finit par émettre un vrombissement rauque. Dans son plus beau costume, Dan Slowney, les cheveux gominés en arrière, une Player sans filtre aux lèvres, quitta lentement sa propriété et s'engagea avec assurance dans la rue principale de Knockslattery.

La confusion régnait dans l'esprit de Nuala. Elle avait du mal à se concentrer sur ce qui lui arrivait. La présence de sa mère la rassurait un peu, mais elle sentait bien qu'elle était triste et tendue, elle aussi. Elle savait que sa mère ne pouvait plus rien pour elle. Nuala regarda son père, pensant à quel point elle le détestait.

Tous les voisins du petit village décrépit niché dans les collines ondoyantes, au milieu de terres agricoles, semblaient s'être donné rendez-vous pour les saluer et leur souhaiter bon vent. Les enfants couraient autour de la voiture, criant et riant. Puis Nuala aperçut ses trois amies de l'autre côté de la rue, dans leurs robes d'été, près de leur ancienne école. Carmel, Grace et Pauline se tenaient à l'écart. On aurait dit qu'elles avaient peur. Les adolescentes avaient les yeux rouges, comme si elles avaient pleuré. L'une d'elles fit un signe de la tête à Nuala. Une autre, Carmel, sa meilleure amie, leva doucement la main, comme pour lui dire adieu. Elles ne prenaient pas part aux festivités. Elles connaissaient la vérité. Elles avaient l'impression d'assister à un enterrement, pas à un mariage.

Nuala jeta un coup d'œil à ses amies et détourna le visage. Elle savait qu'elle craquerait si leurs regards se croisaient plus longtemps. C'était déjà assez pénible comme cela d'être donnée en spectacle aux voisins dans sa robe de mariée. Elle ne voulait pas en plus fondre en larmes devant eux. Elle tentait de rester impassible, mais un observateur attentif n'aurait eu aucun mal à déceler la terreur et le désarroi dans ses yeux.

Toute cette attention non désirée la répugnait. Elle n'avait qu'une envie : disparaître aussi vite que possible. Ils n'avaient parcouru que quelques centaines de mètres lorsque le moteur toussota puis s'étouffa dans un silence pesant. La voiture s'immobilisa et le visage de Dan se figea.

— Ah, bon sang, qu'est-ce que c'est que ce bordel ! fulmina-t-il en sortant du véhicule.

— Oh non…, grommela Nuala à sa mère en serrant les dents. Il n'aurait pas pu louer une voiture pour l'occasion, comme tout le monde ?

Sa mère lui saisit la main pour la réconforter. Nuala se sentait prise au piège au milieu de tous ces gens qui la regardaient.

— Je ne sortirai pas la pousser, maman. Peu importe ce qu'il dit, je ne sors pas. Pas dans ma robe de mariée.

Il se trouve que le moteur avait rendu l'âme juste à côté d'une pompe à eau. Dans l'Irlande rurale de cette époque, tout le monde n'avait pas encore l'eau courante et certains villageois venaient s'approvisionner à la pompe. Un cousin de Dan était justement en train de remplir des bidons de lait. Dan le réquisitionna sur-le-champ. On se dépêcha de débarrasser les bidons de la banquette arrière de sa Mini. Nuala et ses parents se serrèrent à l'arrière de la petite voiture de Tommy, qui les conduisit à l'église. Dan avait retrouvé le sourire, tirant d'un air assuré sur son éternelle cigarette. Problème réglé, circulez.

Nuala perçut chez Tommy une certaine froideur à l'égard de Dan, comme s'il n'approuvait pas ce mariage. Peut-être quelqu'un de la famille lui en avait-il parlé. Tommy était un homme bien, et Nuala apprécia cette réserve affichée envers son père. *« Merci, Tommy »*, pensa-t-elle.

— Tu nous rejoins au restaurant pour trinquer, Tommy ? lui proposa Dan en arrivant à l'église.

— Je vais voir ce qu'on peut faire, répondit Tommy.

Nuala savait qu'il ne viendrait pas.

C'était une petite église de campagne fréquentée par une communauté d'agriculteurs. Des générations d'Irlandais reposaient dans le cimetière attenant, sous les croix celtiques gravées dans la pierre. Les courbes verdoyantes de lointaines collines dessinaient l'horizon. Ce n'était pas sa paroisse, ni celle du futur époux. Elle ne comprenait pas vraiment pourquoi elle devait se marier là. Elle avait été tenue à l'écart de tous les préparatifs, dont le choix de cette église. Elle ne savait pas quelles formalités avaient permis d'organiser la cérémonie. Tout ce dont elle se souvenait vaguement, c'est d'avoir rempli des formulaires pour pouvoir se marier dans une autre paroisse que la sienne.

Seule la famille proche de Nuala assista au mariage. Le futur mari vint seul – ses enfants, déjà adultes, n'approuvaient pas cette union. Dan mena sa fille jusqu'à l'autel où l'attendait Paddy McGorril, qu'elle ne connaissait que depuis quelques semaines, qu'elle n'avait rencontré qu'une demi-douzaine de fois et avec qui elle n'avait jamais eu de conversation digne de ce nom. Cet homme était pour elle un quasi-étranger, et c'était avec lui qu'elle était censée passer le reste de son existence, jusqu'à ce que la mort les sépare. Elle avait seize ans ; il en avait près de soixante-cinq. Et puis il y avait ces rumeurs à son sujet qui la terrifiaient.

L'église n'était pas pleine, mais elle sentait tous les regards fondre sur elle. Elle avait envie de se retourner et de leur lancer : « Dégagez et occupez-vous de vos oignons ! » L'assemblée de fidèles bruissait de sons familiers : l'écho des toussotements, les murmures, le frottement des pas sur le sol de pierre. Elle savait au fond d'elle que certains n'étaient pas seulement venus pour la messe, mais pour le spectacle. On s'était passé le mot : une lycéenne allait épouser un homme âgé. Les gens payaient leur place à l'Olympia Theatre de Dublin pour moins que ça ! Elle imaginait les vieilles dames à chapeau qui chuchotaient entre elles et se signaient en regardant leur missel – et qui tendaient le cou pour apercevoir ce couple improbable dans l'allée centrale.

En s'agenouillant devant l'autel, elle eut le pressentiment de sa propre perte. Le dégoût le disputait à la peur et à la haine, dans un tumulte de sentiments. Elle n'avait tout simplement aucune envie d'être là, avec cet homme qu'elle détestait. Elle eut les larmes aux yeux pendant toute la cérémonie, en proie à une tension presque insupportable. Elle ne put s'empêcher de remarquer le beau jeune homme qui officiait. Bien sûr, le père Sevron n'arrivait pas à la cheville de son idole, le chanteur David Essex, mais c'était le genre d'homme avec lequel une fille aimerait bien crâner devant ses copines. Cela lui rendait plus vif encore le dégoût que lui inspirait son « fiancé ». À ce moment précis, elle aurait accepté d'épouser n'importe quel autre homme.

À mesure que la cérémonie avançait, il lui sembla que le prêtre se rendait compte que quelque chose n'allait pas, que la jeune femme n'avait peut-être pas vraiment envie d'aller jusqu'au bout. Il sentait sans doute qu'elle ne versait pas des larmes de joie mais de tristesse. Bien sûr, il n'allait pas annuler le mariage sur une simple intuition. Mais Nuala avait l'impression qu'il laissait la cérémonie traîner en longueur, comme pour lui laisser une ultime chance de se rétracter. À un moment, il ne retrouva plus ses papiers. « J'en ai pour une minute », l'entendit-elle dire. Elle y repensa après coup : avait-il voulu lui offrir l'occasion de changer d'avis ? La messe paraissait à Nuala beaucoup plus longue que d'habitude. Elle avait peur que son père se lève et invective le prêtre : « Vous allez finir par la marier, oui ? »

Quand le père Sevron lui demanda si elle acceptait de prendre cet homme pour époux, elle ne put se résoudre à lui répondre. Il dut lui poser trois fois la question. Comme elle hésitait, la tension dans l'église devenait palpable. Chaque fois, elle se tourna vers son père, l'homme qui l'obligeait à s'engager dans cette union sans amour, assis au premier rang. Chaque fois, il lui rendit son regard et hocha la tête, lui ordonnant en silence de prononcer le mot fatidique. Elle finit par céder.

Elle vécut toute cette journée en état de choc. Pendant la cérémonie, ne supportant pas l'idée que cet homme lui passe la bague au doigt, elle la lui arracha pour la glisser elle-même à son annulaire. C'était une forme de résistance, un acte qui signifiait qu'elle acceptait peut-être de porter cette alliance, mais certainement pas par amour.

Pendant les semaines précédentes, il lui était souvent arrivé de s'asseoir près de sa mère et de lui dire : « Il n'ira pas jusqu'au bout. Impossible. Quel père ferait ça à sa propre fille ? » Le matin même, encore, en enfilant sa robe de mariée, elle pensait toujours que cela n'arriverait pas. Elle sanglotait souvent comme une petite fille : « Tu viendras avec moi, maman ? Tu viendras habiter dans cette maison ? Ce serait moins dur si tu venais avec moi, maman. Je ne peux pas rester toute seule avec ces deux-là, lui et son ouvrier. Oh, ce serait affreux ! S'il te plaît, maman, ne me laisse pas seule ! » Sa mère tentait de la rassurer du mieux qu'elle pouvait, lui répondant qu'elle viendrait lui rendre visite et qu'elle serait toujours là pour elle.

— Tu auras plein d'amis. Et puis tu ne manqueras de rien. Tu auras de beaux vêtements et bien des choses que tes amis n'ont pas.

— Mais je m'en fiche, maman, je préférerais être avec mes amis. Je n'ai pas envie d'être différente des autres filles. Leurs petits copains ne sont pas à la retraite !

Le jour du mariage, avant de partir à l'église, sa mère avait tenté de la rassurer en lui disant qu'elle n'aurait plus à craindre son père. «Il ne te donnera plus jamais d'ordres, Nuala.»

Après la cérémonie, une petite fête était donnée dans un restaurant. Pour la première fois de sa vie, Nuala but de l'alcool et fuma des cigarettes sans se cacher. Il lui arrivait de fumer de temps à autre, mais jamais devant son père. Mais l'heure était venue de se rebeller. Elle acheta un paquet de cigarettes et en alluma une dans l'entrée du restaurant, bien que son père lui eût toujours formellement interdit de fumer. Lui-même restait un fumeur invétéré, malgré d'importants problèmes de santé – faites ce que je dis, pas ce que je fais. Elle savoura un délicieux moment de revanche en le voyant arriver vers elle à grands pas.

— Écrase tout de suite cette cigarette ou je te tue! lui siffla-t-il.

— Papa, je ne suis plus ta petite fille, lui rétorqua-t-elle crânement. Je suis une femme mariée à présent, et j'obéis à mon mari. Tu n'as plus à me dicter ma conduite.

Elle se délecta de pouvoir retourner la situation en sa faveur. Cette journée compterait au moins cette petite satisfaction.

Lors de la réception, elle se retrouva seule un moment avec le prêtre. C'est alors qu'elle lâcha sa bombe, la langue déliée par le champagne:

— Je ne voulais pas épouser cet homme, lui dit-elle. On m'a forcée.

Le père Sevron parut stupéfait. S'il avait eu des doutes, elle venait de les dissiper.

— Mais pourquoi ne m'as-tu rien dit? Tu aurais dû. Tu aurais pu m'en parler, même devant l'autel.

Comme son mari se tenait non loin d'eux, Nuala ne put en dire beaucoup plus. Le visage du prêtre s'assombrit, tandis qu'il mesurait sans doute l'énormité de cette révélation et les conséquences pour cette adolescente. Le père Sevron, qui devait mourir à un âge précoce, quitta le restaurant peu après. Avant de partir, il alla saluer Nuala et lui dit qu'il prierait pour elle. « Merci », répondit-elle.

Aucun discours n'était prévu pendant le repas – on avait au moins épargné cela à la mariée. Elle n'était pas d'humeur pour des déclarations ampoulées, « bienvenue dans la famille » et autres absurdités. Elle était trop occupée à se saouler pour anéantir le souvenir de ce qui venait de se produire. Le champagne coulait à flots et elle enchaîna les verres jusqu'à sombrer dans l'ivresse.

Ce soir-là, Nuala rentra chez ses parents. Elle devait emménager chez Paddy le lendemain. Il y avait eu des discussions à propos d'une lune de miel à Killarney, mais Nuala s'y était fermement opposée. Pour une fois, elle avait eu gain de cause. En y repensant aujourd'hui, elle se demande comment une lune de miel avait pu être envisagée alors qu'on lui avait garanti que ce serait un mariage « sans sexe ». Avaient-ils imaginé une lune de miel avec chambres séparées, voire hôtels séparés? Ils auraient reçu la palme du voyage de noces le plus étrange de l'année.

2

La rencontre

En découvrant cette grande maison isolée dans la campagne, Nuala se sentit mal à l'aise. La demeure de style géorgien avait dû en imposer autrefois, à l'heure de gloire d'un riche propriétaire terrien. Mais ses vastes étages et les écuries attenantes dégageaient désormais un parfum d'élégance fanée, comme s'il y manquait une touche féminine. Aux yeux de l'adolescente, les lieux étaient nimbés d'une atmosphère étrange et inquiétante.

C'est un caprice du destin qui mena Nuala et son père jusqu'à cette propriété pour la première fois, par une belle journée de la fin de l'été 1973. Nuala avait seize ans. Elle aidait son père, marchand de charbon, à livrer ses clients au fin fond de la campagne. Il restait quelques sacs de charbon à l'arrière de la camionnette de Dan Slowney. Pour écouler son stock, ce dernier décida de tenter sa chance en allant frapper «à tout hasard» à la porte de cette grande maison entourée d'arbres qui se trouvait au bout d'une longue allée.

Dan remonta le chemin au volant de sa camionnette hors d'âge, sa fille assise à ses côtés. Il tirait sur sa cigarette, grossièrement vêtu, les mains couvertes de poussière de charbon. Des hectares de riches terres verdoyantes s'exhibaient autour d'eux. Des vaches paissaient dans les champs, les haies et les arbres étaient resplendissants. La maison semblait certes un peu négligée, mais il y avait encore ici une ferme prospère. Une telle opulence n'échappa pas à l'œil avisé de Dan. S'il appréciait la douce odeur des champs qui lui parvenait par la fenêtre ouverte en cette radieuse journée d'été, il n'en laissa rien paraître. Quelque chose de bien plus intéressant lui chatouillait les narines : l'odeur de l'argent.

Il fulminait. Il aurait dû vendre ses derniers sacs de charbon à une famille d'agriculteurs qui lui avait fait faux bond. Avec ses talents de vendeur, Dan les avait convaincus de lui en acheter une bonne cargaison quelques jours plus tôt. Mais l'appât du gain l'avait poussé à leur en proposer davantage. « En ce moment, j'ai du stock, profitez-en ! Je n'en aurai peut-être plus quand l'hiver sera là... », avait-il argumenté. Au moment de livrer le supplément, les deux sœurs de la maison lui avaient imposé leur radotage sur la petite santé de leur frère, qu'elles craignaient de voir emporté par une crise cardiaque. Au bout du compte, après tout ce temps perdu, elles avaient décidé qu'elles n'avaient pas vraiment besoin de ce charbon.

« J'espère bien qu'il l'aura, sa crise cardiaque », murmura Dan en remontant l'allée. Il se parlait à lui-même, malgré la présence de sa fille. Il n'adressait jamais la parole à Nuala, hormis en cas de besoin, et elle ne lui disait pas grand-chose elle non plus, sauf s'il lui posait des questions. Dans le monde machiste de Dan, les hommes ne perdaient pas leur temps à discuter avec des adolescentes.

En vendeur obstiné, Dan n'avait aucune intention de rapporter ces sacs de charbon à la maison. Il avait certes quelques clients réguliers, en tant que marchand à la petite semaine, mais pourquoi ne pas aller frapper à la porte d'un parfait inconnu. Il n'aimait pas perdre son temps avec des ouvriers agricoles sans le sou. Il fallait chercher l'argent là où il se trouvait, et il sentait que cette maison n'en manquait pas.

Dans la camionnette bringuebalante, Nuala regardait le paysage d'un air sombre. L'odeur de la cigarette de son père la titillait. Elle aurait adoré lui demander d'en tirer une bouffée, mais il n'était pas du genre à apprécier ce genre de requête. Il avait interdit à sa fille de fumer et, dans la famille, sa parole avait force de loi. Un homme pouvait fumer, mais certainement pas une frêle jeune fille comme elle.

C'étaient les grandes vacances. Comme toutes les adolescentes de son temps, Nuala aimait écouter de la musique pop, lire des magazines féminins et rêver devant les vitrines des magasins de vêtements à la mode. Malheureusement, son père profitait de la moindre occasion pour réquisitionner son aide. Ses frères aînés s'étaient envolés du nid et il ne restait plus, à la maison, qu'elle, un garçon plus âgé et une sœur cadette. Ce jour-là, plutôt que d'accompagner son père dans sa tournée, elle aurait préféré voir ses amies et s'amuser à toutes ces choses innocentes de leur âge, comme parler des garçons ou essayer le rouge à lèvres de sa mère. Les autres filles avaient des libertés qui lui étaient refusées, et cela lui inspirait une profonde rancœur.

En ce jour d'été, elle portait sa tenue de travail – jean et sweat-shirt – et avait relevé ses longs cheveux sous un chapeau. Elle était grande, mince et musclée – et très séduisante. Dan était fier de la force physique de sa fille. Il n'avait pas le compliment facile envers les femmes de sa famille, mais de temps en temps, il reconnaissait qu'elle l'impressionnait, à soulever ces sacs de charbon. Dans ce domaine, au moins, elle valait presque un homme.

Nuala aurait apprécié un compliment sur son physique, son charme ou son intelligence. Mais sur sa capacité à soulever des sacs de charbon ? La belle affaire ! Elle savait toutefois qu'il valait mieux ne pas protester ou tenir tête à son père. Elle pouvait facilement devenir impertinente, mais elle contrôlait ce trait de caractère en présence de Dan. Ce dernier goûtait peu l'insolence et elle savait qu'il lui en coûterait une gifle si elle s'avisait de passer les bornes. Aider son père à livrer du charbon ne la passionnait guère, mais c'était lui le patron, et elle avait l'habitude de lui obéir sans poser de questions.

Le vieil agriculteur se tenait près du bel escalier en calcaire du perron tandis que la camionnette arrivait dans un bruit sourd de ferraille qui tranchait avec la tranquillité des champs. La demeure possédait deux étages surplombant un sous-sol qui avait autrefois abrité les quartiers des domestiques. Le propriétaire des lieux arborait une tenue classique : pantalon défraîchi, vieille veste de costume, chemise à carreaux, chapeau cabossé et bottes en caoutchouc.

— Comment ça va, patron ? lança Dan en sortant du véhicule.

— Pas mal, répondit l'homme.

Dan, en excellent vendeur, ne tarda pas à le convaincre qu'il était temps de constituer des réserves de charbon pour l'automne, et parvint à ses fins. Le fermier, de bonne taille, avait encore belle allure malgré son âge. Nuala perçut cependant une certaine dureté ou cruauté dans ses traits burinés. D'emblée, elle se méfia de lui. Un ouvrier agricole d'une cinquantaine d'années travaillait avec le vieux fermier, Sylvester, un homme au front luisant et au regard perçant. À l'idée que cette maison angoissante et isolée était habitée par ces deux hommes, Nuala se sentit encore plus mal à l'aise. Elle voulait repartir au plus vite.

— Très bien, commence à décharger les sacs, ordonna Dan avec un sourire satisfait.

— Oui, papa.

Le vieux fermier redoubla d'intérêt pour Nuala en la voyant soulever les gros sacs de charbon avec Sylvester.

— C'est un garçon ou une fille ? demanda-t-il à Dan.

— Une fille, répondit-il. La mienne.

Sylvester, lui, semblait l'avoir compris dès le début. Il observait Nuala de pied en cap. Quant à Paddy McGorril, cette révélation parut piquer sa curiosité. *« Qu'est-ce qui leur prend, à ces types ?* pensa Nuala. *Ils n'ont donc jamais vu de filles ? »*

Quand ils eurent terminé de décharger, le fermier invita Dan à entrer. Son hospitalité ne s'étendit pas à Nuala. Ce n'était qu'une fille, après tout, pourquoi l'associer à une « discussion entre hommes » ? Elle alla attendre patiemment dans la camionnette.

Dan et le fermier finirent par sortir de la maison au bout d'un temps considérable ; Nuala remarqua que son père souriait. Cela n'arrivait pas souvent – seulement quand il gagnait de l'argent ou qu'il arnaquait un pauvre diable. Elle se demanda ce qui avait bien pu se passer.

Les deux hommes s'approchèrent de Nuala.

— Enlève ton chapeau et arrange tes cheveux, lui dit son père.

Nuala s'exécuta, laissant retomber ses longs cheveux sur ses épaules. Paddy sembla impressionné.

— Oh, joli brin de fille, dit-il en la regardant.

Nuala sentit que les deux hommes avaient parlé d'elle. Son père avait une haleine de whisky – manifestement, l'agriculteur lui avait réservé un accueil généreux. Avaient-ils trinqué ensemble ?

Nuala avait passé le bras par la fenêtre de la camionnette. Il se produisit alors une chose étrange. Paddy se mit à lui tâter les muscles et à la détailler du regard.

Elle eut l'impression qu'il l'observait comme un éleveur évaluerait du bétail sur un marché aux bestiaux. Son père souriait toujours. L'ouvrier agricole la dévisageait, lui aussi ; elle le regarda avec méfiance. « *Mon Dieu, ils sont bizarres* », se dit-elle. Une idée lui passa par la tête : son père avait peut-être négocié un travail pour elle dans cette ferme. Allait-elle devenir manœuvre ? « *Hors de question que je vienne travailler ici avec ces deux-là* », pensa-t-elle. Tous les hommes lui inspiraient une certaine crainte, à l'époque, et elle n'avait qu'une envie : quitter au plus vite ce drôle d'endroit.

Elle saisit quelques bribes d'une étrange conversation entre Paddy et son père, mais l'ouvrier commença à lui parler d'une voix traînante, ce qui l'empêcha de comprendre ce que les deux autres hommes se disaient. Elle entendit le fermier expliquer à son père, avec un fort accent rural :

— On s'occuperait bien d'elle. Elle ne manquerait de rien. Il n'y aurait pas de sexe, rien de physique. Ce serait juste pour me tenir compagnie, vous voyez. Elle aurait de l'argent et, à ma mort, un bel héritage.

Il raconta que sa femme était morte deux ans plus tôt et que ses enfants, devenus adultes, avaient quitté le foyer. Il avait envie d'avoir quelqu'un à ses côtés. Tout en parlant, les deux hommes lui lançaient des regards en coin. Le fermier cherchait manifestement une femme.

Le père de Nuala, qui avait alors une cinquantaine d'années, serra la main de cet homme plus vieux que lui et monta dans la camionnette.

— Tu le vois, lui? lui lança-t-il d'un air détaché. C'est ton futur mari.

Nuala ne le prit pas au sérieux et n'y repensa pas plus que ça pendant le trajet du retour. Ils n'échangèrent pas un mot au long de cette dizaine de kilomètres sur les petites routes calmes et boisées sillonnant la luxuriante et paisible campagne de cette partie du Munster.

Derrière une haie mal entretenue, la maison défraîchie de Dan, nichée en haut d'une colline du village de Knockslattery, contrastait cruellement avec la demeure d'époque qu'ils venaient de quitter. Un champ s'étalait à l'arrière, dans lequel quelques cabanes abritaient la marchandise que vendait Dan – du bois, de la tourbe, des poteaux de palissades et des matériaux de construction. Il disposait d'une petite scierie où il débitait du bois de chauffe et taillait des piquets de clôture. Le champ lui servait aussi à garer ses tacots déglingués – la camionnette, deux vieilles voitures qui démarraient à peine et un van défraîchi. Les orties et les mauvaises herbes foisonnaient par endroits, et un ruisseau infesté de rats coulait en bordure du champ, où Dan gardait en général quelques animaux : deux cochons ou un âne, parfois une chèvre, et des poules. À proximité se trouvaient des logements sociaux, une école, un bureau de poste et une épicerie. Le village, en ce temps-là, n'était guère prospère et pas assez développé pour mériter une église ou un commissariat. Certains parlaient de Knockslattery comme d'un « trou perdu ».

Dan aurait pu gagner convenablement sa vie, mais il dépensait beaucoup d'argent dans ses vices, l'alcool et le jeu. Lorsque Nuala était enfant, il avait dû vendre une petite ferme qu'il possédait dans les environs. Quand il partait en beuverie, sa famille pouvait ne pas le revoir pendant plusieurs jours. Il était connu comme le loup blanc dans tous les pubs qui continuaient de servir après l'heure légale de fermeture, et il suffisait de taper au carreau pour le convaincre d'entrer pour quelques heures. Il tenait bien l'alcool. Il fallait un nombre impressionnant de pintes pour le saouler.

Ce soir-là, Dan, sa femme Josey et Nuala se réunirent dans la cuisine avant le dîner. Dan demanda à sa fille de s'asseoir.

— Tu seras bientôt une femme mariée, lui annonça-t-il.

Là encore, elle ne le prit pas vraiment au sérieux. Mais Josey se montra étonnée.

— Qu'est-ce que tu veux dire? demanda-t-elle, une pointe d'anxiété dans la voix.

— Elle va se marier avec un type formidable. Il habite à Dunkellin. Il a une grande ferme, une grande maison et plein de bétail. Un sacré parti. Le mariage est prévu pour bientôt.

— Mais enfin, qu'est-ce que c'est que cette histoire? Qui est cet homme?

— Un certain Paddy McGorril. Riche comme Crésus. Un type charmant. Veuf. Nuala héritera de tout quand il mourra. Et l'excitation d'épouser une jeunette pourrait bien suffire à le tuer! À nous la grande ferme et la grande maison!

— Tu le connais depuis quand?

— On s'est rencontrés aujourd'hui. Je lui ai vendu du charbon.

— Mon Dieu, Dan, mais qu'est-ce qui te prend? Quel âge a-t-il?

— Soixante-cinq, je dirais.

— Dan, enfin, pour l'amour du Christ...

— Mais il fait plus jeune. On lui donnerait pas plus de cinquante-cinq ans.

Josey se leva.

— Trop, c'est trop. Tu ne feras pas ça à ma fille. Hors de question que j'accepte. Tu ne peux pas la marier à un inconnu, et de cet âge-là pardessus le marché. Quand même, Dan, il pourrait être son grand-père!

Nuala n'en revenait pas de voir sa mère s'énerver. À la maison, Dan faisait la loi d'une main de fer. Sa femme et ses enfants vivaient dans la peur de ses accès de violence. Josey Slowney avait l'habitude d'être calme et soumise. Défier ouvertement Dan comme elle venait de le faire avait dû beaucoup lui coûter. Peut-être percevait-elle quelque chose dont Nuala elle-même n'avait pas conscience. Jusqu'alors, Nuala avait refusé de prendre ces inepties au sérieux, mais la réaction inquiétante de sa mère la faisait douter.

Dan se leva à son tour et, d'un regard, coupa court aux protestations de sa femme. Il n'eut pas à lever la main ni à proférer la moindre menace – son corps parlait pour lui. Josey, profondément contrariée, s'affaira en silence à préparer le repas. Nuala perçut tous ces signes. La violence – ou le climat de violence – familiale avait beau ne pas être une nouveauté pour elle, elle n'avait jamais réussi à s'y habituer.

Elle se mit à sangloter en découvrant les projets d'avenir que son père lui réservait.

— Papa, je ne veux pas me marier à cet homme. Je n'ai pas envie de vivre dans cette grande maison avec lui et l'autre type.

Elle s'inquiétait également de la réaction de ses amis. Elle ne voulait pas se sentir mal à l'aise face à eux. Elle s'imaginait déjà devoir vivre avec ces deux hommes dans cette grande demeure inquiétante, et cette pensée la faisait frémir.

Dan la regarda.

— Tu vas te marier avec lui, un point c'est tout, lui lança-t-il.

Le frère de Nuala, Conor, âgé de dix-huit ans, et sa petite sœur Fidelma, douze ans, arrivèrent pour le dîner. Fidelma se mit à bavarder innocemment tandis que toute la famille s'attablait, mais elle s'interrompit bientôt, devant le silence pesant. Josey, la mine sombre, servit les œufs durs, le thé et le pain beurré. Dan s'éclipsa après le dîner pour aller au pub, tandis que Nuala aidait sa mère à laver la vaisselle. L'atmosphère devint un peu plus légère.

Conor, qui avait arrêté sa scolarité pour travailler avec son père, se mit à se moquer gentiment de sa sœur.

— Nuala va se marier…

Elle se retourna et lui lança un regard furieux.

— Toi, la ferme !

Excitée par cette annonce, Fidelma enchaîna :

— C'est vrai, tu vas te marier, Nuala ? Oh, c'est génial ! J'adore les mariages. Il y a toujours un joli gâteau et plein de limonade. Quand est-ce que tu te maries ? C'est avec Larry ?

— Non, répondit Conor avec un rictus, c'est un autre type qui a plein d'argent. C'est papa qui l'a dit, je l'ai entendu.

— Ah bon ? C'est qui, Nuala ? insista Fidelma. Il est gentil ? Allez, dis-nous !

— Ça suffit, intervint Josey. Nuala ne va pas se marier, ni avec Larry ni avec personne d'autre. Il faut qu'elle termine ses études, et ensuite elle aura un bon travail.

— Mais j'ai entendu papa…, objecta Conor.

— Stop ! le coupa Josey.

Ils allèrent s'installer devant la télévision et Nuala dit à sa mère, qui broyait toujours du noir :

— Maman, je vais acheter des chips. Et après, j'irai voir Carmel.

Nuala avait besoin de se confier à quelqu'un. Ça ne servait à rien d'en parler avec Conor et Fidelma, dont elle ne se sentait pas proche. Conor, un taiseux, ne parlait jamais beaucoup, quelles que soient les circonstances. Quant à Fidelma, ce n'était encore qu'une petite fille. Elle savait qu'elle trouverait en Carmel, sa meilleure amie, une oreille attentive. Elles fréquentaient le même lycée catholique et habitaient à quelques minutes à pied l'une de l'autre.

— Quoi de neuf, Nuala?

Carmel était toujours de bonne humeur. Quoi qu'elle s'apprêtât à dire, elle semblait toujours réprimer un éclat de rire. Nuala se demandait comment elle faisait pour être en permanence aussi enjouée. Carmel était sa meilleure amie, et elle l'aimait aussi parce qu'elle avait le don de lui remonter le moral. Elle parlait franchement et pouvait se montrer impertinente. Elle disait des choses que personne n'osait dire.

Elles empruntèrent la rue principale pour aller se promener dans la campagne, se partageant le paquet de chips que Nuala avait acheté tout en bavardant. Quelques voitures perturbaient le calme des prairies que longeait la petite route goudronnée creusée de nids-de-poule.

— Comment va Larry? demanda Carmel.

— Il est bien occupé à la ferme. Ces jours-ci, il n'a pas le temps de venir.

— De toute façon, je sais quand il est là! Avec son énorme voiture, difficile de le louper! Elle est quasiment aussi grosse qu'une voiture de ministre!

— Tu vois ça, Carmel? dit Nuala en pointant l'index. Il m'obéit au doigt et à l'œil.

Elles éclatèrent de rire.

— Bien joué, Nuala. J'avoue que ça me déplairait pas de sortir avec lui.

— Tu as acheté le dernier *Smash Hits*?

— Ouais. Tu veux que je te le garde?

— Ça te dérangerait pas? Je suis fauchée en ce moment. Je me crève à livrer du charbon, mais tu crois que mon père me donnerait un peu d'argent? Tu parles, je dois me contenter de mon argent de poche.

— Me dis pas que ton vieux te fait encore travailler? Pourquoi tu l'envoies pas balader? Imagine ton CV de livreuse de charbon le jour où tu chercheras un boulot dans un bureau à Dublin!

— Depuis que mes frères sont partis en Angleterre, tout retombe sur Conor et moi.

— Et si on allait jusqu'à la laiterie? proposa Carmel. Il y aura plein de monde là-bas ce soir. On pourra s'amuser un peu.

— Je dois pas tarder à rentrer. On n'a qu'à marcher un peu, j'ai quelques trucs à te dire.

— D'accord.

Nuala marqua une pause.

— Tu devineras jamais la dernière de mon père, finit-elle par lâcher.

— Attends... Il veut ouvrir un pub, avec lui comme meilleur client. Ou alors il veut devenir bookmaker – et là aussi, avec lui comme meilleur client.

— Il veut me marier à un vieil agriculteur qu'on a rencontré aujourd'hui en livrant du charbon.

— Arrête, tu me fais marcher.

— Je te jure que non.

— C'est qui?

— Un vieux schnock qui habite à Dunkellin. Je me rappelle même pas son nom. Il me fiche la chair de poule.

— Est-ce que ton père était bourré quand il a proposé ça?

— Il avait bu quelques verres.

— Bon, alors ceci explique cela. C'est la bière qui parle, comme d'habitude ! Même *ton* père ne ferait pas ça à sa fille !

— Tu dois avoir raison.

— Tu sais quoi ? Ton vieux sort vraiment plein de conneries !

Elles se mirent à rire, mais Nuala éprouvait malgré tout un sentiment de malaise tenace.

3

LE MARCHAND DE RÊVES

Il entra dans la cuisine d'un pas lourd et lent, avec la gravité exacerbée d'un homme complètement ivre. C'était l'heure du thé, et Josey était en train de servir des toasts et des œufs brouillés. La lueur dans les yeux de Dan, qui observait la scène, suffit à faire taire les conversations autour de la table. Ils connaissaient ce regard. Dans la cheminée, le feu avait perdu de son ardeur. Dan fixa les braises, puis Josey. Il secoua la tête, comme s'il ne parvenait pas à comprendre comment une femme pouvait laisser un feu mourir comme ça. Il était en colère, et tout le monde le saurait.

— T'as passé la journée dehors avec un homme, sale pute? rugit-il, avalant ses mots sous l'effet de l'alcool.

— J'ai fait tout ce qu'il fallait, la maison est en ordre…, répondit Josey, tremblante, la voix mêlée de larmes.

Pour montrer à quel point la négligence de Josey le mettait en rage, Dan renversa la table.

Nuala sentit une violente douleur. Le coin de la table lui avait coupé le menton. Elle n'avait à l'époque que cinq ans. Les enfants se dispersèrent dans la cuisine en hurlant, terrifiés. La vaisselle était en miettes et les restes du modeste repas jonchaient le sol.

Dan se rua alors sur la coupable de cette offense. Les coups et les gifles se mirent à pleuvoir. Il allait lui apprendre à laisser mourir le feu et à négliger sa maison ! Elle hurlait, gémissait et le suppliait d'arrêter, tandis que les enfants criaient, en pleurs : « Papa, s'il te plaît, arrête de frapper maman ! »

Josey parvint à lui échapper et s'enfuit dans le jardin, à l'arrière de la maison. Les enfants la suivirent. Elle se réfugia dans un buisson d'orties et s'y recroquevilla. Nuala vit la terreur sur le visage de sa mère. Malachy, son grand frère de quinze ans, était un solide gaillard. Il en avait assez vu. Il attrapa son père et l'envoya valser sur le sol de la cuisine. Dan resta à terre, sonné. Le garçon alla chercher une petite hache et l'empêcha de bouger :

— Si tu ne laisses pas ma mère tranquille, je te tuerai ! lui lança-t-il.

Tout à coup, Dan se tut. Sa colère s'était épuisée aussi soudainement qu'elle avait éclaté. La crise était terminée, il ne riposterait pas. Peut-être que les brutes restent sous le choc quand quelqu'un leur tient tête. Quelques jours plus tard, Malachy quitta sa famille, dégoûté, pour aller vivre en Angleterre. Il ne remit pas les pieds chez ses parents pendant près de treize ans.

Le fait que l'un de ses fils ait menacé de le tuer n'empêcha pas Dan de céder à d'autres crises de violence sous l'effet de l'alcool. Petite, Nuala redoutait les soirs où son père rentrait ivre et venait les sortir du lit, elle et ses frères et sœurs. Ils savaient à quoi s'attendre. Leur père allait battre leur mère. À cette époque, Dan ne se contentait pas de frapper sa pauvre femme en privé – il préférait la rouer de coups devant leurs enfants éplorés. C'était une façon de montrer son pouvoir dans son propre foyer.

À présent, l'emprise qu'il exerçait sur sa famille expliquait pourquoi Josey se révélait incapable de faire quoi que ce soit pour sauver sa fille de ce projet de mariage avec un inconnu de soixante-cinq ans. Elle a passé une grande partie de sa vie d'épouse dans la terreur, et les coups que lui a infligés son mari sont gravés dans la mémoire de Nuala. Une fois, il lui a cassé les dents. Une autre, elle a fini à l'hôpital, blessée à la hanche. Nuala garde toujours en tête l'image de sa mère recroquevillée sur le sol comme un animal terrifié, et de cet homme qui la frappe. Elle n'a jamais aimé son père. Qui pourrait aimer un tel homme ?

Un soir, bien qu'il fût complètement saoul, Dan imagina une torture des plus sadiques. Josey avait des plats en faïence qu'elle adorait, et dont elle avait joliment décoré un vaisselier. Dan posa sa main sur le meuble en souriant. Sa femme comprit ce qui allait se passer.

— Jésus, Marie, Joseph… Oh non, s'il te plaît! le supplia-t-elle, tandis qu'il souriait de plus belle.

Il marqua une pause de quelques instants, puis, d'un mouvement bref, envoya le vaisselier et toute sa garniture valser sur le sol. S'ensuivit pour Josey un passage à tabac en règle. C'en était trop. Il fallait réagir. Elle quitta le domicile conjugal et alla se réfugier dans sa famille.

Quand il eut dessaoulé, Dan était abasourdi et, beaucoup plus étonnant, confus. Il n'aurait jamais cru qu'elle pût le quitter. Comment allait-il se débrouiller tout seul? Qui s'occuperait des enfants? Qui ferait la cuisine et la vaisselle? Qui entretiendrait son feu de cheminée? Il demanda aux enfants de mettre leurs habits du dimanche et les fit monter à l'arrière de la camionnette. Il conduisit jusqu'à une ville voisine, acheta de la vaisselle pour remplacer celle qu'il avait cassée, et se rendit chez la famille qui hébergeait Josey. Il formula de misérables excuses, jurant ses grands dieux qu'il ne boirait plus jamais. Émue par ce *mea culpa* inattendu et par ses promesses pleines de bonnes intentions, Josey accepta de rentrer à la maison et grimpa dans la camionnette.

Sur le chemin du retour, Dan s'arrêta près d'un pub, ce qui stupéfia sa femme.

— Mais Dan, tu m'as dit que…

Il lui décocha un sourire sournois.

— Oui, oui, juste un verre.

Dan emmena Josey et les enfants boire une limonade pendant qu'il enchaînait les pintes, malgré sa promesse de ne plus toucher une goutte d'alcool. En dépit de son jeune âge, Nuala prit conscience de la nature profonde de son père. Elle ne pourrait jamais lui faire confiance.

Outre sa violence et son alcoolisme, Nuala avait une autre raison de haïr son père. Dan cachait un sombre secret : il avait abusé d'elle pendant presque deux ans. Alors qu'elle avait neuf ans, il avait commencé à se glisser entre ses draps le soir. Il lui enlevait sa chemise de nuit et la caressait, tentant de la convaincre qu'il ne s'agissait que d'une marque d'affection. Elle n'en croyait rien. Elle redoutait ces moments autant qu'elle les détestait, et elle méprisait son père de lui infliger cela.

— Ne le dis à personne. C'est notre petit secret, d'accord ? répétait-il.

Elle en devint si perturbée qu'elle dit un jour à son père :

— Je vais le dire à maman… Je vais le dire à maman…

Dès lors, Dan cessa ses intrusions nocturnes. Nuala pense qu'il a eu peur qu'elle vende la mèche. Mais elle n'en garda pas moins le sentiment qu'il pouvait l'utiliser à sa guise.

L'alcool occupait une grande place dans la vie de Dan. Il emmenait sa famille à la messe tous les dimanches, et même là, il trouvait l'occasion de s'éclipser au pub. Il entrait dans l'église, suivi de sa femme et ses enfants, puis sortait discrètement. La messe terminée, ils repartaient ensemble. Il lui arrivait de temps en temps de prier le Rosaire en famille – lorsqu'il était coincé à la maison par manque d'argent. Nuala se rappelle l'avoir vu frapper sa mère juste après la prière, parce que le feu s'était éteint. Le feu lui offrait toujours une bonne excuse pour jouer les matamores.

Josey était très croyante. Elle n'avait jamais perdu la foi et priait beaucoup. Sa vie était terne et difficile. En dehors de la messe, l'un de ses grands plaisirs était de regarder *The Late Late Show* à la télévision, le samedi soir – avec Dan, s'il n'avait pas d'argent à dépenser au pub. Josey adorait l'animateur, Gay Byrne, qu'elle trouvait très bel homme. La série *Le Fugitif*, dans laquelle un médecin accusé du meurtre de sa femme tente d'échapper à la police, constituait un autre temps fort de la semaine pour Josey et les enfants. « *Pourvu qu'il s'en sorte !* espérait Josey à la fin de chaque épisode. *Le pauvre... tout le monde est à ses trousses ! Mais je suis sûre qu'il est innocent, ce n'est pas lui qui l'a tuée.* »

Dan n'était pas seulement violent à cause de l'alcool. Quand il perdait aux jeux, il fulminait. C'était un grand amateur de sports gaéliques. S'il n'assistait pas aux matchs de football et de hurling, il les regardait à la télévision dans un pub ou chez un ami et pariait sur les résultats. À la maison, Josey suivait les matchs avec angoisse, espérant que l'équipe locale l'emporte afin que Dan gagne de l'argent, rentre de bonne humeur et ne la frappe pas.

Lorsque c'était le cas, Dan arrivait bien après l'heure de fermeture des pubs, ivre et chantant toujours la même chanson : Josey et les enfants étaient alors tranquilles. Mais si son équipe perdait, ils entendaient claquer la portière et savaient qu'ils allaient passer un sale quart d'heure. « *Toute cette angoisse et cette violence pour un stupide match !* », se disait Nuala, amère.

Dan pouvait parier n'importe quoi. Nuala, qui adorait les animaux, s'était prise d'affection pour un vieil âne que son père lui avait offert – l'un de ses rares cadeaux. Un jour, elle découvrit avec désespoir qu'il avait disparu. Il se révéla que, la veille, Dan avait parié sur un match de hurling. Comme il n'avait pas d'argent, il avait proposé l'animal en gage à un ami. Et Dan avait perdu son pari. Nuala avait environ douze ans à cette époque. Elle ne revit jamais l'âne qu'elle aimait tant.

Dan n'avait que faire des règles et des lois qui le dérangeaient. Il lui arrivait souvent de conduire en étant ivre. Monter dans sa voiture revenait à laisser sa vie entre ses mains, comme Nuala en fit l'expérience à plusieurs reprises, dans une camionnette qui zigzaguait dangereusement. Pour elle, c'est un miracle que son père n'ait jamais fauché un voisin ni percuté un mur ou un poteau électrique. Dan eut bien des accidents mais il s'en sortit toujours, malheureusement – du point de vue de Nuala. Il lui arriva de rentrer à la maison avec des égratignures, mais rien de grave. Elle pensait parfois à tous ces gens bien qui mouraient sur la route, et à ce monstre qui échappait toujours au pire. Sa mère répétait que c'était le diable des alcooliques qui le ramenait sain et sauf.

Tel Dr Jekyll et Mr Hyde, Dan pouvait se montrer aussi charmant avec ses clients et les personnes qu'il rencontrait au pub que cruel avec sa famille. Et c'est cette amabilité qui lui permit d'exercer un deuxième métier qui requiert une réelle habileté relationnelle, celui de marieur. Cette activité s'était beaucoup développée dans l'Irlande rurale des générations précédentes avant de décliner dès le milieu du vingtième siècle. Dan était l'un des rares spécimens encore actifs de sa « profession ». Peu de gens, en dehors de son entourage, connaissaient ce deuxième gagne-pain. Il ne recherchait aucune publicité. Même dans les années 1960 et 1970, ceux qui avaient recours à ses services ne tenaient pas à ce que cela s'ébruite. Si un homme ou une femme avait du mal à trouver un conjoint, ils faisaient appel au marieur qui jouait le rôle d'intermédiaire. Il était à lui seul une version rurale de l'agence matrimoniale. Il n'avait pas de bureau, évitait le téléphone et ne faisait jamais de publicité. Le bouche-à-oreille assurait sa réputation, et il ne gardait nulle trace de son activité : on faisait affaire sur un coin de table autour d'une bouteille de whisky, dans la cuisine ou l'arrière-salle d'un pub.

Dan bénéficiait de la situation idéale pour exercer cette activité : en tant que marchand de charbon, il sillonnait la région et connaissait les agriculteurs en mal de compagnie et les femmes qui brûlaient de trouver un mari. C'était le genre de magouilleur capable de vendre du charbon à un vieux fermier célibataire tout en lui arrangeant un rendez-vous avec une femme. Celle-ci n'était sans doute pas dans sa prime jeunesse ni d'une beauté à couper le souffle, certes, mais au moins, le fermier pouvait se réjouir d'avoir une compagne pour ses vieux jours. Dan avait l'œil pour repérer le bon client. Il savait reconnaître le célibataire en mal d'amour et la vieille fille dont l'horloge biologique la pressait de se laisser passer la bague au doigt dans l'espoir de devenir mère. La solitude, la frustration et la misère sexuelle qui se cachaient sous l'apparente douceur de l'Irlande rurale en ce temps-là lui fournissaient ses clients.

La sociabilité de Dan contribuait à renforcer sa réputation. Il savait se montrer aimable et généreux hors des liens familiaux. Si un copain de beuverie lui demandait de l'argent, il lui en prêtait de bon cœur. C'était un bonimenteur hors pair et un buveur peu regardant, qui n'hésitait pas à payer tournée sur tournée. Tout le monde l'appréciait et le prenait pour un type bien. Ces qualités faisaient de lui un bon vendeur, vertu indispensable pour un marieur. Après tout, il «vendait» ce qu'il y a de plus important dans la vie: l'amour, la rencontre, le sexe, le mariage, la procréation. En fait, c'était un marchand de rêves.

Sa motivation principale était l'argent. La plupart du temps, sa commission restait modeste, mais il lui arrivait de tomber sur une affaire juteuse. Il était toujours à l'affût du bon coup.

Outre la vente de charbon et de bois et les mariages arrangés, Dan avait encore une autre activité : les antiquités. Tout ce qui pouvait lui rapporter de l'argent l'intéressait. S'il repérait un joli meuble dans une maison, il tentait sa chance : « Cette vieillerie est piquée par les vers ! Je vais vous en débarrasser, je peux vous en avoir une belle somme. » Dan connaissait un antiquaire qui lui achetait tout ce qu'il récupérait de ses tournées.

En tant que marieur, il suivait un certain rituel. D'abord, il allait chercher l'homme pour le présenter à la femme, en général dans un pub, parfois dans l'arrière-salle. Si le courant passait bien et qu'un mariage était envisageable, ils mettaient cinquante livres sur la table – vingt-cinq chacun, à situation financière équivalente. On confiait l'argent à un tiers de confiance, en général le patron du pub, puis on trinquait à la rencontre. Le couple commençait alors à se fréquenter et, si le mariage avait bien lieu, Dan touchait les cinquante livres le jour de la cérémonie, moins une petite commission pour le « banquier ». Dan était toujours invité aux mariages. Pour lui, c'était la sortie idéale : il pouvait passer la journée à boire gratis.

Nuala et les autres enfants n'étaient pas censés être au courant de cette activité de marieur. Dan ne leur en parlait pas, même si Nuala se rappelle, petite, avoir entendu son père dire à sa mère qu'il partait « arranger une rencontre ». Elle n'apprit que plus tard, par d'autres personnes, comment cela fonctionnait. Son père allait voir une femme qui cherchait un mari et lui disait: «Je connais un homme, il a un peu d'argent, c'est un type bien... Vous voulez le rencontrer?» La plupart du temps, la femme devait avoir de l'argent pour payer la mise en relation, mais certains fermiers moins regardants acceptaient de débourser un peu plus, parfois même les cinquante livres.

Dans certains cas, ils étaient même prêts à payer une fortune pour que le marieur leur trouve une jeune femme séduisante. On ne comptait plus alors en dizaines, mais en centaines, voire en milliers de livres. De nombreux célibataires vieillissants habitaient la région. Souvent, ces fermiers avaient attendu d'hériter de la ferme familiale des années avant d'envisager de se marier, et il leur devenait très difficile de rencontrer quelqu'un. Et plus ils vieillissaient, plus ils désespéraient. Beaucoup d'entre eux cherchaient une femme assez jeune pour leur donner un fils – et si en plus elle était belle, c'était la cerise sur le gâteau. Les plus économes pouvaient se contenter d'une épouse moins jeune et plus banale si elle avait quelques terres.

Bien des années plus tard, une amie de Nuala lui confia qu'une rencontre avait été arrangée pour elle. Son père, qui connaissait Dan, l'avait autorisé à lui présenter un vieux et riche fermier. Comme elle était assez jeune et plutôt jolie, Dan devait toucher plus de mille livres pour cette union. Mais il y avait un problème: la jeune femme buvait énormément. Sa consommation d'alcool coûterait très cher à son mari. Dan fit en sorte que le vieillard édenté, fou d'amour et impatient de se marier, n'apprenne rien du défaut de sa promise. L'intérêt de la situation, pour la jeune femme, était de mettre rapidement la main sur une ferme prospère : avec un peu de chance, son propriétaire ne tarderait pas à tirer sa révérence. Elle pourrait alors se remarier, par amour cette fois. Au bout du compte, la jeune femme se rétracta. « C'était au-dessus de mes forces, Nuala, lui expliqua-t-elle. Je n'aurais pas pu me réveiller à côté de cette chose le matin, saoule ou pas. »

Grâce à son expérience de marieur, Dan était bien placé pour arranger une rencontre entre sa fille et Paddy. Pourtant, cette fois, c'était différent. Dans tous les autres cas, Dan avait mis en relation deux adultes consentants et désireux de se marier. Là, la future mariée n'était qu'une lycéenne, la propre fille de l'entremetteur, et la rencontre s'organisait sans son consentement. Elle allait devoir épouser un homme qui n'avait aucune chance d'éveiller en elle le moindre sentiment d'amour.

4

L'IDYLLE

Quelques jours après sa révélation à Carmel, Nuala et son amie se promenaient à nouveau ensemble. C'était une soirée tranquille et agréable à Knockslattery. Un petit groupe de jeunes s'était réuni à l'endroit habituel, près de l'épicerie du village. Les deux adolescentes traversèrent la rue pour éviter les garçons et leurs provocations coutumières.

— Alors, t'as eu le coup de foudre? lança l'un des jeunes, suscitant le rire de ses copains.

Nuala rougit. Sa moquerie lui fit l'effet d'un coup de canif.

— Oh non..., murmura-t-elle. S'ils sont au courant, tout le monde est au courant...

— Laisse-moi faire, répondit Carmel.

Avec son blouson d'aviateur et son jean, elle en imposait. Elle se dirigea vers le groupe de garçons, le torse bombé. Ils continuaient de sourire, mais Carmel voyait qu'ils n'en menaient pas large. Ils ne s'attendaient pas à ce qu'on leur tienne tête.

Carmel se planta devant le garçon qui les avait interpellées.

— Billy, si tu t'avises de redire ce genre de choses, tu sais ce que je ferai?

— Quoi?

— Je te casserai ta petite gueule.

Les deux amies repartirent. Un peu plus loin, elles entendirent l'un des jeunes renchérir:

— Il est comment, le papa gâteaux?

Nuala frémit.

— Je me demande comment ils l'ont su.

— Allez, fais pas attention. C'est juste des petits cons.

Les jours passant, Nuala ne parvenait toujours pas à prendre au sérieux ce mariage grotesque. Son père avait beau avoir tous les défauts du monde, il n'allait tout de même pas la forcer à épouser un parfait inconnu quatre fois plus vieux qu'elle! Même un pervers n'infligerait pas une telle horreur à sa fille. Que les gens se marient malgré une grande différence d'âge ne la dérangeait pas. Il arrivait qu'une jeune femme tombe amoureuse d'un homme beaucoup plus âgé, ou l'inverse. Grand bien leur fasse, cela ne la choquait pas. Quel était le problème, si c'était ce qu'ils voulaient? Mais à elle, personne ne lui laissait le choix. Son moral dégringola quand les signes s'accumulèrent: son père semblait bel et bien prendre au sérieux ce «mariage».

Il décida d'abord qu'elle devait opter pour une coiffure plus courte. Nuala avait toujours été fière de sa belle chevelure qui tombait sur ses épaules. Tout le monde l'admirait, mais son père estimait qu'elle accentuait son jeune âge. Or il cherchait à minimiser le fossé qui la séparait de son «fiancé». Dan demanda donc à une voisine de venir couper les cheveux de sa fille.

Malgré l'avenir peu réjouissant qui s'offrait à elle, Nuala tentait de continuer de vivre de son mieux. Elle avait un petit ami, Larry, mais n'en était pas amoureuse et le voyait assez peu. Celui qui faisait vraiment battre son cœur, elle ne l'avait jamais rencontré ; comme beaucoup d'adolescentes, c'était le chanteur David Essex.

Un soir, Conor entra dans la cuisine.

— Nuala, regarde ça !

Nuala eut le souffle coupé. Son frère dépliait devant elle un poster géant de David Essex. Elle n'en avait jamais eu de si extraordinaire.

Il s'ensuivit un marchandage puéril.

— Où t'as eu ça ?

— Tu connais mon copain Liam ? Sa sœur l'a eu dans un magazine, et elle en voulait pas.

— Il me le faut, répondit immédiatement Nuala. Pas de discussion possible. Qu'est-ce que tu veux en échange ?

— Tu vois les caramels que t'as planqués dans ta chambre ? Tu me les donnes, plus deux paquets de chips.

— Punaise, Conor, comment tu sais pour les caramels ?

Il lui décocha un sourire entendu.

— Tope là ?

— Les caramels et un paquet de chips.

— Quel goût ?

— Fromage et oignon.

— OK, ça marche.

Nuala compléta ainsi sa collection de posters de David Essex. Elle avait hâte de le montrer à Carmel – elle serait folle de jalousie ! Elle possédait aussi deux précieux 45 tours du chanteur, que des amies lui avaient cédés en échange de bonbons et de magazines, et qu'elle écoutait sur un vieux gramophone mécanique. Un client de Dan le lui avait donné pour payer une partie de son charbon. Il ressemblait davantage à un meuble qu'à un véritable gramophone et produisait un son rêche épouvantable, mais c'était mieux que rien.

À cette époque, Conor jouait le rôle de chaperon auprès de sa sœur. Si un garçon s'intéressait à Nuala, il devait supporter la présence de son frère. L'une n'allait pas sans l'autre. Dan n'aimait pas voir sa fille sortir seule avec des garçons, aussi avait-il demandé à Conor de garder un œil sur elle. Ce dernier n'y voyait pas d'inconvénient.

Le petit ami de Nuala, Larry, avait une vingtaine d'années et travaillait avec son père, un riche agriculteur. C'était un jeune homme charmant et très gentil avec Nuala. Elle l'aimait bien mais restait distante, tandis que lui était fou d'elle et voulait l'épouser. Ils sortaient ensemble depuis environ un an. Larry pensait qu'elle était plus âgée. Ils s'étaient rencontrés lors d'une soirée de *barn dance* organisée pour soutenir l'action paroissiale. C'était le genre de fête à laquelle tout le monde, jeunes comme vieux, participait.

Nuala et Fidelma avaient brillé par une éblouissante démonstration de rock 'n' roll. Les autres couples de danseurs s'étaient écartés pour leur laisser la place, tandis que l'orchestre jouait à tue-tête de vieux tubes d'Elvis Presley. Les deux sœurs adoraient danser et tout Knockslattery s'accordait à reconnaître leur talent. L'orchestre, composé de musiciens locaux jouant de l'accordéon, de la guitare et du violon, interpréta aussi des danses traditionnelles irlandaises qui firent se lever les moins jeunes avec des cris de joie.

Quand une valse fut annoncée, Larry demanda au père de Nuala l'autorisation de danser avec sa fille. Dan, Josey et leurs enfants étaient assis dans un coin de la salle. Grâce à son excellent réseau de renseignements, Dan connaissait la famille de Larry et accepta sans hésiter : c'était un bon parti. Il le laissa donc emmener Nuala sur la piste. Dan appréciait Larry parce qu'il allait hériter d'une grande ferme et qu'il conduisait une Mercedes. Après cette soirée, Larry rendit fréquemment visite à Nuala chez les Slowney. Il restait dans les bonnes grâces de Dan car il l'emmenait au pub et insistait pour payer l'addition. Dan n'avait pas à mettre la main à la poche. Il aimait bien Larry, c'était « un brave gars ».

La relation entre Nuala et Larry était bien innocente : ils se tenaient la main, rien de plus. Il l'emmenait au cinéma, danser et boire une limonade. Bien sûr, Conor les accompagnait. En voiture, il s'installait à l'avant et Nuala à l'arrière. Au cinéma ou au pub, il s'asseyait entre eux. Ce rôle de chaperon ne déplaisait pas à Conor, qui profitait de toutes ces sorties payées par Larry. Quand ils allaient voir un film dans une ville voisine, le jeune homme offrait à Nuala ce qu'elle souhaitait : des chips, du chocolat, une glace ou du pop-corn. Et Conor avait droit au même traitement. Pour lui, c'était une vraie partie de plaisir, d'autant que sa mission de chaperon se résumait à peu de chose, puisque Larry était un vrai gentleman. Peu bavard, Conor ne participait pas aux conversations entre Larry et Nuala, même s'il entendait tout ce qui se disait.

Ils allèrent voir *La Fille de Ryan* pas moins de quatre fois. Une grand-tante de Larry jouait dans ce film, tourné dans le Kerry. Certes, elle n'avait qu'un rôle de figurante : on l'apercevait brièvement dans une foule, portant un châle. Mais pour Larry, son apparition à l'écran constituait le clou de la soirée – ses deux secondes de gloire. À chaque fois qu'ils allaient voir le film, Larry, Nuala et Conor guettaient la scène : « La voilà, montrait fièrement Larry, vous l'avez vue ? C'est tante Nellie ! »

Ils sortaient aussi dans les dancings de la région, animés par les groupes à la mode de cette époque : The Indians, Daddy Cool and the Lollipops, Big Tom and the Mainliners. Nuala dansait avec Larry et de temps à autre avec son frère. Conor invitait aussi d'autres filles de son âge. Les réjouissances ne s'arrêtaient pas là : Larry les emmenait ensuite acheter des frites – et parfois même une portion de poulet.

Larry offrait régulièrement des cadeaux à Nuala, parfois des objets de valeur comme une montre. Quand il arrivait, Dan lançait à sa fille un clin d'œil qui voulait tout dire : « Tires-en le maximum ! » Un soir, au pub, Larry fit part à Dan de sa volonté d'épouser sa fille. « Bien sûr », répondit Dan. Le mariage était à mille lieues des préoccupations de Nuala, même si, avec le recul, elle se dit que si elle avait été un peu plus âgée et plus mûre, elle aurait pu accepter d'épouser Larry.

Dès que Paddy McGorril entra en scène, Larry fut relégué aux oubliettes. Comme nul ne savait quand il hériterait de la ferme familiale, les bénéfices d'un mariage entre Larry et Nuala restaient une lointaine perspective. Paddy, au contraire, offrait un profil bien plus intéressant aux yeux de Dan : c'était un propriétaire terrien d'un âge avancé qui, avec un peu de chance, casserait bientôt sa pipe. Alors, « adieu Larry ». Toutes ses largesses – les sorties, les pintes qu'il offrait à Dan, les cadeaux pour Nuala – furent soudain oubliées. Dan n'y alla pas par quatre chemins : « Débarrasse-toi de lui, demanda-t-il à Nuala. La prochaine fois qu'il vient, emmène-le dans le jardin et dis-lui que tu ne veux plus le voir. »

Cela mit Nuala dans une situation terrible. Elle était obligée de faire le sale boulot à la place de son père. Si Dan ne voulait plus entendre parler de Larry, pourquoi ne pas le lui dire en face ? Elle trouvait horrible de l'envoyer ainsi paître, alors qu'il avait tissé des liens avec la famille. Dan et lui sortaient souvent au pub, mais on allait lui annoncer qu'il ne devait plus tourner autour de sa fille. Nuala était mortifiée. Elle n'avait toutefois aucune envie de se disputer avec son père. Dan l'avait décidé, point final.

Quand Larry revint voir Nuala, elle lui dit qu'elle devait lui parler et l'accompagna dans le jardin. Puis, avec la franchise de la jeunesse, elle lui annonça tout de go :

— On peut plus se voir. Je vais épouser quelqu'un d'autre. Il faut plus que tu viennes.

Larry resta sans voix, comme si on lui avait donné un coup dans le ventre.

— Quoi ? Qu'est-ce que tu racontes ?

— Je vais me marier avec un fermier. C'est un vieux. J'en ai aucune envie, je le déteste, mais papa veut que je l'épouse.

Larry était stupéfait.

— J'y crois pas…

Ils discutèrent un moment. Elle lui parla de l'homme qu'elle devait épouser et de la répugnance que cette perspective lui inspirait.

Arrachant quelques brins d'herbe, elle lui demanda :

— Je suppose qu'il n'y a aucune chance pour que tu m'épouses ?

Elle sentit, sa question à peine posée, qu'elle n'aurait pas dû dire cela. C'était prendre Larry pour une roue de secours.

— Nuala, je ne peux pas t'épouser comme ça ! Pour se marier, il faut s'aimer. Moi je t'aime, mais je ne pense pas que tu m'aimes vraiment.

Si tu ne veux pas m'épouser par amour, ça ne m'intéresse pas.

— Oh, l'amour, l'amour… Je pourrais finir par t'aimer, non?

Quand elle y repense aujourd'hui, Nuala sait qu'à l'époque elle n'avait aucune idée de ce qu'aimer voulait dire.

Ils continuèrent de discuter. Larry était effondré. Il n'y avait pas grand-chose de plus à dire. Nuala retira la bague qu'il lui avait offerte et la lui tendit.

— Non, Nuala, garde-la.

Ils se prirent les mains et l'amoureux éconduit, la mine abattue, sortit du jardin et de la vie de Nuala.

Quand elle rentra dans la maison, Dan lui demanda:

— Il est parti?

— Oui, papa.

— C'est bien.

Maintenant que Larry était hors jeu, «l'idylle» entre Nuala et Paddy pouvait commencer. Cette fois, Conor n'aurait pas besoin de jouer les chaperons. Dan donna le coup d'envoi en emmenant Nuala et sa mère rendre visite à Paddy. C'était la première fois que Nuala le revoyait depuis leur étrange rencontre quelques jours plus tôt. De nouveau, il l'observa de haut en bas mais ne lui adressa pas la parole. Dan et lui discutèrent de dispositions à prendre, mais personne ne lui demanda son avis. Paddy évoqua ce qu'il pourrait lui offrir, la maison et la ferme, et la vie qu'elle aurait. Ni lui ni Dan ne songèrent à se soucier de ce que *elle* voulait.

Nuala voyait la maison et la ferme avec des yeux d'enfant. Elle adorait les animaux et s'entendit tout de suite très bien avec Lassie, un bobtail noir et blanc qui lui avait réservé un accueil enthousiaste. Elle le caressait et lui parlait, tandis que Lassie gémissait de plaisir et lui léchait la main. Le courant passa immédiatement et Nuala sut qu'elle aurait plaisir à revoir Lassie. En vrai garçon manqué qui aimait grimper aux arbres, Nuala repéra ceux qui entouraient la maison : ils lui paraissaient prometteurs. Mais elle ne parvenait toujours pas à croire qu'elle allait vivre là. Elle se méfiait de Paddy, à qui elle trouvait un air méchant. Plus tard, elle vit une photo de lui plus jeune : il était très beau mais avait déjà ce regard dur.

Paddy servit le dîner sur la table en acajou de la salle à manger : bonbons, gâteaux, biscuits et sandwichs. Encouragée par un clin d'œil de son père, Nuala glissa quelques sucreries dans sa poche pour les rapporter à Conor et Fidelma. Ils étaient tout excités.

— Oh, Nuala ! s'exclama sa petite sœur. Tu vas retourner chez lui, hein ? Tu nous rapporteras d'autres bonbons ?

Le « fiancé » de Nuala commença à lui rendre visite. La première fois, elle eut envie de rentrer sous terre. Elle observa par la fenêtre la voiture arriver et cet homme, en costume du dimanche et chapeau à plume, accueilli par son père comme une célébrité. Dan avait vraiment le don pour se montrer charmant lorsqu'il sentait l'odeur de l'argent facile. Le visiteur n'entretenait aucune véritable conversation avec elle. Il se contentait de s'asseoir et de la regarder. Il lui demandait à l'occasion des nouvelles de ses études. Quand il lui parlait, il s'adressait à elle comme à une enfant. Il discutait surtout avec son père et sa mère, et la conversation tournait en général autour de Nuala. Elle ne s'exprimait que lorsqu'on le lui demandait. Avant l'arrivée de Paddy, son père lui disait :

— Sois gentille avec lui et épargne-moi cet air revêche. Souris !

Il se renseignait sur les goûts de Nuala en matière de biscuits et de sucreries. Dan avait préparé sa fille : si on l'interrogeait sur ce qu'elle aimait, elle devait toujours citer la marque la plus chère.

Dan voulait convaincre Paddy qu'il épousait une véritable fée du logis. Il préparait une pile de linge à repasser et, dès que la voiture de Paddy arrivait, Nuala se mettait à manier le fer avec entrain. D'autres fois, agenouillée, elle frottait le sol comme une furie au moment où Paddy franchissait le seuil. Tandis que Nuala trimait, Dan se prélassait dans son fauteuil, formulant d'un air détaché quelques remarques entendues, comme : « Regardez-moi ça si elle n'est pas formidable... Une vraie petite femme d'intérieur ! »

Paddy lui demanda à plusieurs reprises de le raccompagner jusqu'à sa voiture au moment de partir. L'idée de se retrouver seule avec lui dans une situation « romantique » la révulsait, mais on ne lui laissait pas le choix. Elle n'avait rien à dire à cet homme qui aurait pu être son grand-père et semblait venir d'un autre siècle. Une fois, il lui offrit un médaillon :

— Quand on sera mariés, tu y mettras ta photo.

— Merci.

« *Tu peux toujours courir!* », pensa-t-elle. Il l'embrassa sur la joue ; elle frissonna de dégoût. Elle passa ensuite des heures à se laver le visage au savon désinfectant. Elle devait porter le médaillon à chaque fois qu'il venait, mais elle finit par le donner à sa mère en lui disant qu'elle n'en voulait pas.

Paddy commença à inviter Nuala et ses parents au restaurant. C'était une nouveauté pour elle, qui n'avait jamais eu l'habitude de déjeuner à l'extérieur. Paddy ne lui parlait toujours pas beaucoup, sauf pour lui dire qu'elle ne manquerait de rien, qu'il lui paierait de jolies choses et qu'elle n'aurait rien à faire. Cela ne la réjouissait pas pour autant. Comme l'addition était toujours pour Paddy, Dan ne se privait pas de se resservir à boire. Avant chaque sortie, il mettait Nuala en garde : « Contente-toi de dire ce que tu es censée dire. » Une fois, pourtant, profitant d'un moment en tête à tête avec Paddy, elle trouva la force d'exprimer ce qu'elle pensait :

— Il est hors de question que je me marie avec vous.

Paddy, furieux, alla se plaindre à son père.

Ce soir-là, Dan appela sa fille et, dans la cuisine, entama la «discussion» par une gifle.

— Comment as-tu osé dire que tu ne l'épouserais pas?

Il la frappa de nouveau.

— Tu vas te marier avec lui, un point c'est tout!

Un soir, Nuala trouva le courage de parler à son père:

— Papa, je préfère encore m'enfuir plutôt que de me marier avec lui.

Elle avait peur qu'il ne la frappe, mais il se contenta de la menacer d'une voix très calme:

— Si tu essaies de t'enfuir, je te rattraperai, et quand je t'aurai retrouvée, tu verras ce que tu prendras...

Dan se dirigea alors vers l'une de ses cabanes et en revint avec un marteau et des clous. Il alla dans la chambre de Nuala et condamna la fenêtre. Le message était clair: elle allait désormais vivre comme dans une prison. Elle s'en voulait terriblement: pourquoi avait-elle ouvert sa grande bouche? Si elle avait été plus futée, elle aurait fait semblant d'accepter ce mariage et se serait enfuie au moment où son père s'y attendait le moins.

Désormais, quand Dan devait s'absenter, il enfermait Nuala dans sa chambre et cadenassait la porte. Elle n'avait le droit d'en sortir que pour aller aux toilettes: les repas devaient lui être servis dans sa chambre. Sa mère la libérait quand elle était sûre que son mari n'allait pas revenir, mais la porte de la maison était elle aussi verrouillée. Josey savait où Dan cachait la clé, mais elle ne laissait pas pour autant sortir sa fille ; elle avait trop peur pour elles deux. Dan avait un excellent réseau d'informateurs : si Nuala s'éclipsait sans sa permission, il ne manquerait pas de le savoir. Ces nouvelles règles ne servaient pas qu'à l'empêcher de s'enfuir : elles devaient aussi la briser mentalement et mettre à mal sa résistance. Dans ses meilleurs jours, Dan expliquait à sa fille que ce mariage était pour elle une chance exceptionnelle de mettre la main sur une petite fortune, qu'elle n'avait pas le droit de passer à côté de ça. Elle aurait une belle vie dans une grande ferme, et beaucoup d'argent quand Paddy mourrait.

Un soir, Dan fit monter sa fille en voiture et lui annonça qu'il l'emmenait voir le prêtre de la paroisse. Il fallait qu'elle lui dise qu'elle allait se marier et qu'ils conviennent d'une date. Elle devait aussi se confesser avant de recevoir le sacrement du mariage. Il prit bien soin de lui expliquer la manière de présenter sa relation avec Paddy :

— Dis au prêtre que tu l'aimes, lui lança-t-il avec le regard fuyant qu'il avait toujours au moment de « rouler » quelqu'un. Dis-lui que tu veux vraiment l'épouser, que c'est l'homme de ta vie. Tu as bien compris ?

— Oui, papa, je ferai comme tu veux.

Nuala ne put s'empêcher de penser que seul un idiot croirait pareil baratin. Or le prêtre n'était pas né de la dernière pluie. Dan se gara dans l'allée qui menait à l'ancienne demeure victorienne, entourée de jardins bien entretenus, et laissa Nuala se rendre seule au presbytère.

Le père McKeague était un prêtre de la vieille école qui avait le verbe haut. Comme beaucoup de ses semblables, il jouissait d'une grande autorité au sein de sa communauté. Nourri d'une foi traditionnelle, il croyait au paradis et à l'enfer et n'avait que faire des discours modernes qui tendaient à adoucir la doctrine de l'Église sur des sujets épineux comme la damnation éternelle. Les positions libérales exprimées par le concile Vatican II, dans les années 1960, n'avaient guère ébranlé ses convictions. C'était un prédicateur enflammé qui n'hésitait pas, le dimanche, à fustiger les faiblesses de ses ouailles – en particulier le péché de chair. Il vilipendait aussi ceux qui trouvaient de l'argent pour aller au pub mais pas pour les bonnes œuvres de la paroisse. Nuala était impressionnée par cet homme, elle en avait même peur. À chaque fois qu'il se rendait dans sa classe, arpentant les allées de pupitres, ses camarades et elle ne pipaient mot. On entendait les mouches voler.

Et voilà qu'elle se tenait seule dans la demeure de cet homme en noir terrifiant, assise à ses côtés, nerveuse. Ils s'étaient installés dans un bureau rempli de livres, sur des chaises victoriennes à haut dossier, près d'une baie vitrée qui donnait sur les pelouses impeccables.

— Que puis-je faire pour toi, mon enfant?

— Je vais me marier, mon père. Papa m'a demandé de venir vous voir pour fixer une date.

— Tu as l'air bien jeune, mon enfant. Quel âge as-tu?

— Seize ans, mon père.

— Seize ans, c'est tôt pour se marier. Depuis quand connais-tu ton petit ami?

— Deux semaines, mon père.

— Pardon?

— Deux semaines, mon père.

— Tu es enceinte?

— Non, mon père.

— Qui est ce garçon?

— En fait, ce n'est pas vraiment un garçon, mon père… Il a plus de soixante ans.

Le prêtre marqua une pause et réfléchit un instant.

— Ton père est derrière tout ça, n'est-ce pas?

— Oui, mon père.

Nuala craqua et fondit en larmes:

— C'est papa qui veut que je l'épouse. C'est un agriculteur et il est vraiment vieux. Je n'ai pas envie de me marier avec lui. Oh, mon père, je le déteste! Je préférerais encore mourir!

— Comment s'appelle ton… fiancé?

— Paddy McGorril, mon père. Enfin, je crois. Il habite à Dunkellin.

— Oh, mon Dieu!

Le prêtre demeura un moment silencieux, puis soupira et reprit d'une voix douce:

— Je le connais. Je suis allé à l'école avec lui. On a grandi ensemble. Je sais aussi comment il a traité sa pauvre femme, Dieu ait son âme… Ce n'est pas un homme pour toi.

Ils restèrent un moment assis en silence. Nuala entendait le tic-tac de l'horloge sur la cheminée. Elle était trop timide pour questionner le prêtre sur la femme de Paddy et ce qu'il lui avait fait subir. Un frisson la parcourut. Quel genre d'homme était-il donc? Que lui infligerait-il si elle se retrouvait sous son emprise?

Le père McKeague essaya alors de la rassurer. Elle découvrait en lui une gentillesse qu'elle n'avait jamais soupçonnée.

— Tu peux être sûre d'une chose, Nuala: il est hors de question que je célèbre une telle union. Ce mariage n'aura pas lieu. Aucun prêtre ne te mariera à cet homme contre ton gré.

— Merci, mon père.

— Ton père… Il t'attend dehors, n'est-ce pas?

Nuala hocha la tête.

Le prêtre se leva et, invitant Nuala à l'accompagner, sortit d'un pas altier et s'engagea dans l'allée. Vêtu d'une longue soutane noire, il incarnait la figure traditionnelle de l'autorité religieuse. Nuala le suivit d'un pas pressé. Toute penaude, elle entra dans la voiture tandis que le prêtre commençait à discuter avec Dan. Elle était terrifiée et savait à quoi s'attendre. Elle n'avait pas obéi aux instructions de son père et ça allait barder!

— Toutes mes félicitations, Dan, dit le prêtre d'un air aimable.

— Bonsoir, mon père.

— Alors comme ça, c'est bientôt le grand jour pour Nuala.

— Eh oui, mon père.

— C'est une gentille fille, Dieu la bénisse.

— Pour sûr, mon père, grâce à Dieu.

— Soyez franc, Dan, vous avez réussi un beau coup?

— Qu'est-ce que vous voulez dire?

— Je crois que vous le savez très bien.

— Vous avez fixé une date pour le mariage, mon père?

— Dan, même venant de vous, j'ai du mal à y croire. McGorril, quand même…

— Vous allez la marier, oui ou non?

— Vous devez savoir aussi bien que moi qui est cet homme. Comment pouvez-vous imposer cela à votre propre fille? Surtout après ce qui s'est passé avec sa première épouse.

— Vous refusez de la marier, c'est ça?

— Je vais vous dire une chose, Dan: vous ne la mènerez jamais jusqu'à l'autel.

— Bien sûr que si.

— Pas tant que j'aurai mon mot à dire dans cette histoire.

Comme la plupart des Irlandais de cette époque, Dan se montrait en général respectueux envers l'institution catholique. Mais si un prêtre l'agaçait, plus rien ne l'arrêtait. Il laissa de côté les bonnes manières et déversa sans vergogne son langage de charretier.

— Vous savez quoi, mon père? Vous pouvez aller vous faire foutre!

— Vous ne l'emporterez pas au paradis.

— C'est terminé, connard ! Vous pouvez toujours courir pour vos putains d'offrandes de Pâques et de Noël. Et je trouverai bien un autre prêtre pour la marier.

— Non, voyez-vous, cela n'arrivera pas.

— Oh que si, elle va se marier, et dans sa paroisse, qui plus est !

— Tant qu'il me restera un souffle de vie, elle n'entrera jamais dans mon église au bras de cet homme.

La peur que le père McKeague inspirait à Nuala s'était évaporée. Désormais, elle l'adorait et le bénissait d'avoir pris sa défense. Sa nouvelle idole méritait une place auprès de Dieu. Contrairement à elle, le prêtre ne craignait pas son père le moins du monde. Il semblait n'avoir peur de personne.

Furibond, Dan démarra en trombe et faillit renverser le père McKeague. Une fois hors de vue du presbytère, il s'arrêta brutalement, se tourna vers Nuala et lui donna un coup de poing au visage.

— Tu vas voir ce que tu vas prendre à la maison ! lança-t-il à la jeune fille en pleurs.

Elle se demanda s'il ne lui avait pas brisé la mâchoire, qui resta douloureuse pendant plusieurs jours. Sur le chemin du retour, Dan bouillait de rage. Nuala tremblait de peur à l'idée de ce qui l'attendait. Dan poussa sa fille à l'intérieur de la maison et la conduisit dans sa chambre à coups de poing dans les côtes.

— Tu peux être sûre que tu vas te marier avec lui quoi qu'il arrive ! hurla-t-il en claquant la porte derrière elle, l'enfermant à double tour.

En ralliant le père McKeague à sa cause, Nuala avait gagné une bataille mais pas la guerre. Elle savait que son père mettrait un point d'honneur à ne pas laisser le prêtre l'emporter. C'était une question de fierté.

Le processus d'intimidation de Nuala, régulièrement frappée et retenue quasi prisonnière dans sa chambre, poursuivit son cours. Petit à petit, sa résistance s'effrita. Nuala finit par penser à se tuer. À mourir pour mourir, peu importait, dans le fond, qu'elle fût mariée ou non à cet homme qui lui donnait la chair de poule. Peut-être même ce mariage lui permettrait-il d'échapper aux griffes de son père. Elle ne lui appartiendrait plus. Ce serait la fin de cette torture mentale, de la peur, des coups. Après tout, on lui avait garanti un mariage sans sexe, dans lequel elle aurait un rôle de compagne plutôt que d'épouse. En y réfléchissant, elle se dit qu'elle parviendrait peut-être à tolérer cette vie, en attendant de s'enfuir ou de trouver le courage de mettre fin à ses jours. Toutefois, une question l'obsédait: qu'était-il arrivé à la première femme de Paddy?

Une nuit, son père la réveilla et lui demanda de s'habiller. Il l'emmenait voir un prêtre d'une autre paroisse et, cette fois, elle avait intérêt à coopérer et à dire ce qu'elle était censée dire. C'était une paroisse assez éloignée, ni la sienne ni celle de Paddy. Ce dernier serait également présent. À ce stade, Nuala s'était résignée. Son père, son «fiancé» et elle se retrouvèrent dans le petit salon du presbytère. Elle eut la surprise de rencontrer un tout jeune prêtre, le père Sevron. Comme il voulut d'abord s'entretenir avec le futur marié, Paddy et lui se retirèrent dans son bureau. Dan rappela une dernière fois à sa fille ce qu'elle devrait dire au prêtre.

— Papa, je ne peux pas lui mentir, protesta-t-elle.

— Bien sûr que si. Et puis de toute façon, ce ne sont pas vraiment des mensonges. Dieu te pardonnera. Tu lui dis ce que je t'ai dit, d'accord?

Ce fut bientôt au tour de Nuala de discuter avec le jeune prêtre. Le père Sevron l'interrogea avec insistance.

— Es-tu vraiment sûre de vouloir épouser cet homme?

— Oui, mon père.

Elle tripotait ses cheveux d'un air gêné.

— Vous avez une énorme différence d'âge. Il est bien plus vieux que toi…

Le prêtre la regarda droit dans les yeux, tentant de percer le mystère de ses pensées. Nuala afficha l'une de ses expressions «impénétrables», un mécanisme de défense qu'elle avait appris à utiliser de temps à autre.

— Je sais bien, mon père.

— Est-ce que tu as bien réfléchi?

— Oui.

Elle se tortilla sur sa chaise, mal à l'aise.

— Tu n'as aucun doute concernant ce mariage?

— Non.

Nuala répondait comme son père l'y avait préparée, et le jeune prêtre estima qu'il n'avait pas le choix, sinon d'agréer à la demande de ce couple insolite et de fixer une date pour leur mariage.

En apparence, elle semblait assumer son discours, mais à l'intérieur, ce n'était que colère, ressentiment et appréhension. Elle se répétait que soit elle se tuerait, soit elle tuerait l'homme qu'on la forçait à épouser. À un moment donné, elle fut tentée de demander au prêtre s'il y avait une porte de service. L'idée de s'échapper du presbytère l'avait soudain effleurée. Mais où serait-elle allée? Le prêtre vivait au milieu de nulle part.

À l'approche du mariage, Dan emmena Nuala dans une grande ville voisine, où Paddy et eux avaient rendez-vous chez un notaire. Ils signèrent un document légal, une sorte de contrat prénuptial énonçant les modalités du futur mariage. Sous certaines conditions, Nuala deviendrait propriétaire de la ferme et de la maison à la mort de Paddy. Elle était bien trop jeune pour se soucier de questions d'héritage. La musique, les discothèques, les garçons, les copines, les études, les examens: voilà quelles étaient ses principales préoccupations, et pas ses futurs droits en tant que veuve. Devant le notaire, Paddy et son père répétèrent qu'il s'agissait simplement d'un mariage de convenance, n'impliquant pas de relations sexuelles. Nuala croit même se rappeler une clause du contrat qui stipulait qu'il n'y aurait « aucun contact physique » entre les époux. Paddy annonça pieusement qu'il n'attendait de Nuala qu'un compagnonnage, mais il ne vint jamais à l'esprit de la jeune fille de demander comment elle pouvait être sûre qu'il ne reviendrait pas sur sa parole.

Il fallut ensuite acheter une robe de mariée. Nuala refusa d'en entendre parler et de participer aux essayages. On demanda à la voisine qui lui avait coupé les cheveux de venir prendre ses mensurations. Armé de ces informations, Dan conduisit Nuala, sa mère et Paddy au magasin dans lequel la jeune fille refusa d'entrer. Dan resta dans la voiture pour garder un œil sur la récalcitrante, tandis que Josey et Paddy allèrent choisir une robe et la traditionnelle tenue de lune de miel. Paddy régla la note pour l'ensemble, qui fut livré plus tard. Quand Nuala eut vent de cette tenue, elle s'exaspéra auprès de sa mère :

— Une lune de miel ? C'est ça ! J'irai nulle part avec ce type !

Elle avait déjà du mal à croire qu'elle allait se marier, alors partir en lune de miel…

Quand la rumeur se répandit qu'un mariage avait été arrangé entre Nuala et Paddy McGorril, quelques vieux célibataires ou veufs sollicitèrent Dan, dont ils connaissaient l'activité de marieur. Avait-il d'autres filles comme Nuala ? Des sœurs, des cousines disponibles ? Heureusement pour elle, Fidelma était encore trop jeune pour être promise à quelque inconnu sur le retour. Un très vieil homme vint leur rendre visite dans l'espoir de parvenir à un accord pour épouser Nuala, mais Dan dut lui expliquer qu'elle était déjà prise et qu'il n'avait pour l'instant personne d'autre à lui proposer. Nuala trouva le frêle vieillard sympathique. Il se révéla que cet homme était un riche fermier, propriétaire de nombreuses terres et sans famille proche. Dix jours après sa visite, ils apprirent qu'il était mort.

En entendant la nouvelle, Dan en pleura presque – non de tristesse pour le pauvre homme, mais d'amertume. Il s'en voulait terriblement d'avoir manqué une telle opportunité et maudissait sa mauvaise étoile. Pourquoi diable n'avait-il pas accepté son offre ? L'affaire aurait été parfaite – rapide, sans histoires et d'un excellent profit.

— Quelle connerie ! grogna-t-il. J'aurais pu être millionnaire ! On aurait tous été pleins aux as...

Il tomba à genoux et, les poings levés, se mit à haranguer le Ciel :

— Est-ce que vous êtes là, Dieu ? Il y a quelqu'un ? Est-ce que Dieu me ferait ça ? Est-ce qu'il me refuserait une chance comme celle-là ? Mais qu'est-ce que j'ai fait pour mériter ça ! Est-ce que vous m'écoutez, là-haut ?

La frustration de Dan atteignit son apogée lorsqu'il apprit que le vieil homme avait légué tous ses biens à l'Église catholique. Il pensa sans aucun doute avec convoitise à tout ce à quoi cet argent aurait pu servir – les paris, les tournées, les fêtes – au lieu de tomber entre les mains de prêtres et de bonnes sœurs qui n'avaient jamais dû boire une pinte ni croiser un bookmaker de leur vie.

D'une certaine manière, Nuala regrettait elle aussi cette occasion manquée. Quitte à se marier, autant que ce fût avec un gentil vieillard qui avait déjà un pied dans la tombe et plus que dix jours à vivre !

Un autre célibataire, un homme d'affaires aisé aujourd'hui décédé, entendit lui aussi parler du mariage arrangé et tenta sa chance pour obtenir la main de Nuala. Mais Dan décida de rester fidèle à Paddy. De toute façon, le contrat était déjà signé.

À ce stade, Nuala s'était déjà largement coupée de ses amies. Quand elle ne travaillait pas avec Dan, elle restait la plupart du temps confinée à la maison. Son père ne voulait pas qu'elle fréquente trop de jeunes de son âge avant le mariage. Peut-être avait-il peur qu'ils l'incitent à se rebeller. Mais Nuala se débrouillait pour discuter de temps en temps avec Carmel. Après la messe dominicale, elles s'attardaient toutes les deux au fond de l'église, près du bénitier. Elles mettaient des heures à se signer, tandis que les fidèles quittaient peu à peu l'église.

— Nuala, comment ça se fait qu'on ne te voie plus ? lui demanda Carmel un dimanche. Il y avait plein de monde l'autre soir près de la laiterie, on a bien rigolé. Je pensais que tu serais là.

— Mon père veut que je reste à la maison.

— Il est devenu fou ou quoi?

— Tu te souviens de ce mariage dont je t'ai parlé? Eh ben c'est du sérieux...

— Non, arrête! C'est une vanne!

— Il m'a même emmenée voir un prêtre pour fixer une date. Carmel, ça m'angoisse...

— Allez, t'inquiète pas, Nuala. C'est impossible qu'il te fasse une chose pareille. Franchement, t'imagines?!

Mais Nuala sentait bien que Carmel elle-même commençait à douter.

À l'approche du mariage, Dan décida de sortir le grand jeu. Nuala découvrit avec effarement qu'il avait envoyé des dizaines d'invitations à des amis, des parents, des voisins et des patrons de pubs où il avait laissé beaucoup d'argent. Pour Nuala, c'en était trop. Ce mariage avec Paddy était déjà assez pénible. Elle n'allait pas en plus subir une humiliation publique face à tant de monde, dont des « grosses légumes », comme elle appelait ces patrons de pubs. Pour une fois, elle trouva le courage de tenir tête à son père.

— Papa, si tu n'annules pas ces invitations, je refuse de me marier. Je ne vais pas me laisser reluquer par tous ces gens au bras de ce vieux. Si tu fais ça, je te garantis que c'est terminé.

Dan n'avait pas l'habitude qu'on conteste son autorité dans son propre foyer. Mais à la grande surprise de Nuala – et à son grand soulagement –, il céda. Peut-être eut-il peur que sa fille ne recoure à l'arme suprême en refusant de donner son consentement devant le prêtre, lors de la cérémonie. Un tel scandale l'anéantirait. Qui sait ce que cette sale petite ingrate pourrait faire à la dernière minute ? Il ne pouvait pas courir ce risque. Il dut contacter tous ses copains et annuler les invitations. Cela signifiait de renoncer aux cadeaux : il avait dit à sa fille qu'on lui offrirait des grille-pain et ce genre de choses. Mais elle n'avait que faire de grille-pain ! D'accord pour un mariage en blanc, mais dans la discrétion.

Un dimanche, Dan conduisit Nuala chez Paddy. Il était impatient de lui faire visiter sa demeure meublée à l'ancienne, la grande cuisine lugubre avec son poêle à charbon et les pressoirs qu'il avait lui-même fabriqués, et les hectares de terres alentour, dont des champs de légumes et un verger. Ce tour du propriétaire avait pour but d'impressionner Nuala, mais son futur lieu de vie ne l'intéressait pas. Elle se fichait de la taille de la maison et de la ferme de Paddy, du nombre de granges ou de vaches qu'il possédait.

— Regarde cette maison, regarde tous ces hectares, dit Dan à sa fille en remontant l'allée après avoir inspecté les moindres recoins de la ferme.

— Ouais, commenta Nuala.

— C'est de la bonne terre, insista-t-il, rien à voir avec les tourbières !

— Ah oui ? Super, murmura-t-elle.

Peu de temps avant le mariage, un jeune homme prénommé Eric se présenta chez les Slowney.

— Est-ce que je pourrais parler à Nuala? demanda-t-il à Dan.

— Elle n'est pas là. Qui la demande?

— Je m'appelle Eric, je suis le fils de l'homme qu'elle doit épouser.

— Je vois, dit Dan, soudain méfiant. Est-ce qu'il y a un problème?

Il resta planté dans l'entrée, n'invitant nullement le visiteur à entrer.

— Il faut que je lui parle, c'est important.

— Vous pouvez me parler à moi, je suis son père.

— Je voulais la mettre en garde contre mon père.

— Pour quelle raison? demanda Dan en tirant sur sa cigarette.

— Mon père est un homme violent. Il battait ma mère. Et s'il épouse votre fille, il la battra aussi. Elle s'apprête à passer de sales moments. Sa vie sera terrible.

— D'accord, je lui dirai. Merci.

Eric ne savait pas qu'il s'adressait à un homme qui battait lui aussi sa femme. Sa mise en garde ne risquait pas de perturber Dan. N'était-ce pas le privilège, et même le devoir de tout homme qui se respecte, de mâter sa femme? Dan ne parla jamais de la visite d'Eric à Nuala. Elle ne l'apprit que des années plus tard.

Avant de partir, Eric lança un dernier avertissement solennel à Dan:

— Vous envoyez votre fille en enfer.

— Allez vous faire foutre!

5

La tentative de fuite

«Elle n'a pas à subir ça.» La phrase résonnait dans la tête de Nuala. Assise dans la cuisine, elle avait encore du mal à y croire. Elle éprouva une merveilleuse sensation de soulagement et d'euphorie. Comme si la détresse du condamné avait laissé place à l'extase d'un sursis – ou, du moins, à l'espoir.

Nuala se répétait ces mots bénis: «Elle n'a pas à subir ça.»

La femme qui les avait prononcés était sa tante Margaret. Venue des États-Unis passer des vacances dans sa famille, elle avait entendu parler du projet de mariage et était horrifiée. Un jour, elle frappa à la porte; elle voulait discuter avec Nuala et Josey. Dan était sorti. C'était quelques jours à peine avant le mariage.

Regardant Nuala d'un air anxieux, Margaret dit à Josey:

— J'ai appris ce qui se prépare. Il faut faire quelque chose.

Son idée était d'emmener Nuala loin d'ici avec l'aide d'une de ses sœurs, elle aussi en vacances en Irlande et qui vivait en Angleterre. Les deux sœurs de Dan séjournaient chez des parents à quelques kilomètres. Dans la cuisine, Margaret exposa son plan à Josey et Nuala avec empressement – Dan pouvait rentrer à tout moment, il n'y avait pas de temps à perdre.

— On ne peut pas lui imposer ce mariage. Je vais l'emmener avec moi et je m'occuperai d'elle. Elle aura l'éducation qu'elle mérite. Tu pourras la voir, bien sûr. Mais pour l'instant, il faut qu'elle parte d'ici, et le plus vite possible.

Nuala brûlait d'entendre la réponse de sa mère. Josey se trouvait face à un dilemme. Quoi qu'elle décidât, elle en subirait les conséquences.

— Il va me tuer, dit-elle en secouant la tête. Et s'il la retrouve, il la tuera aussi.

— Oh maman, s'il te plaît! pria Nuala.

— Il faut que tu acceptes, Josey, insista calmement Margaret.

La discussion se prolongea jusqu'à ce que Josey commence à céder sous la pression de Margaret. Elle poussa un profond soupir et finit par dire :

— Bon, c'est d'accord…

— Merci mon Dieu, souffla Margaret.

— Maman, je ne l'oublierai jamais! dit Nuala, euphorique.

C'était le plus beau jour de sa vie. Elles avaient mis au point un plan. Le lendemain, les deux sœurs repartaient chez elles, l'une aux

États-Unis, l'autre en Angleterre. Josey devait accompagner Nuala à un carrefour, à quelques minutes de marche de la maison, à une certaine heure. Ses tantes l'attendraient là, dans une voiture, et elles partiraient ensemble. Nuala ne connaissait pas les détails du plan : comme elle n'avait pas de passeport, elle ne voyagerait sans doute pas directement en Amérique, mais ferait étape en Angleterre. Elle se mit à compter les heures qui la séparaient de la liberté.

Elle avait du mal à croire que la chance tournait. Peut-être que Dieu ne l'avait pas oubliée, finalement. Elle entrevoyait enfin une issue de secours. On allait la sauver et l'arracher à ce cauchemar. Une voie de sortie s'ouvrait *in extremis* devant elle, de manière totalement inattendue. Elle allait commencer une nouvelle vie à l'étranger, et son père ne la retrouverait jamais. Paddy ne serait plus qu'un mauvais souvenir. La liberté s'offrait à elle, elle aurait une éducation, un travail, la possibilité de voyager, une vie merveilleuse. Tout arrivait si vite que la tête lui tournait. C'était comme un rêve.

Nuala ne pensait plus à rien d'autre qu'à sa fuite. Ce soir-là, elle prit le thé avec ses parents dans la cuisine. Sa mère était visiblement tendue. Elle avait peur que son père ne le remarque et ne questionne Josey sur ce qui n'allait pas. Dan avait l'art de découvrir ce genre de choses. Peut-être même était-il déjà au courant de leur plan d'évasion.

Plus tard, dans son lit, elle ne parvint pas à trouver le sommeil. À mesure que les heures passaient, elle commença à se demander si elle réussirait vraiment à s'échapper. Tant de choses pouvaient mal se passer ! Son père pouvait surgir au mauvais moment. Sa mère pouvait perdre courage en pensant aux terribles conséquences pour elles deux si jamais Nuala se faisait prendre pendant sa tentative de fuite. Qui sait comment Dan réagirait ? Un autre sentiment rongeait Nuala : la culpabilité. Comment osait-elle s'enfuir et abandonner sa mère aux mains de Dan ?

Les tantes de Nuala avaient demandé qu'elle parte sans la moindre affaire : elle devait venir comme elle était, elles s'occuperaient ensuite de tout. Le rendez-vous avait été fixé dans l'après-midi. Dan ne serait peut-être pas loin, mais il n'était pas censé rester à la maison. Au réveil, ce matin-là, Nuala éprouvait des sentiments mêlés. D'un côté, la perspective de s'enfuir la rendait euphorique et lui donnait du courage, mais de l'autre, elle redoutait une mauvaise surprise et se sentait coupable.

Après le petit-déjeuner, Dan enferma Nuala dans sa chambre. Une fois qu'il eut quitté la maison, Josey ne tarda pas à libérer sa fille, mais la seule et unique porte de la maison restait toujours fermée.

Nuala sentit le trouble s'installer dans son esprit. Quelque chose lui disait que sa mère prenait peur, et elle la comprenait : leur plan pouvait mal tourner, Dan risquait à tout moment de réapparaître et de les surprendre en pleine fuite. Dieu seul savait ce dont il serait alors capable, pour peu qu'il ait bu de l'alcool. Elles s'exposeraient toutes les deux à sa fureur. Tout cela tourmentait Josey, Nuala le savait. Et même si elle parvenait à s'échapper, comment sa mère l'expliquerait-elle à Dan lorsqu'il rentrerait ? Il s'était tellement investi dans la préparation de ce mariage qu'il ne le lui pardonnerait pas.

Malgré le danger, Nuala refusait cependant d'envisager une alternative. Si elle ne s'enfuyait pas comme prévu, elle serait une femme mariée le week-end suivant. Tandis que les minutes passaient, elle cherchait à se rassurer auprès de sa mère :

— Maman, tu me laisseras y aller, hein ?

— Oui, répondait-elle en hochant la tête, sans toutefois vraiment réussir à convaincre sa fille.

Face à une Josey de plus en plus silencieuse et sombre, Nuala commença à craindre le pire. À quelques minutes de l'heure prévue, la panique s'empara de l'adolescente :

— Maman, tu me laisses sortir ? Je peux y aller ? lui demanda-t-elle, en pleurs. Maman, dès que je pourrai, je m'occuperai de toi. Tu auras tout ce qu'il te faut. Maman, s'il te plaît, ouvre-moi la porte… S'il te plaît !

Prise d'un affreux pressentiment, Nuala réalisa que la détermination de sa mère était en train de fléchir. Quelques instants plus tard, celle-ci laissa exploser sa détresse :

— Ton père est là quelque part, dans la rue… Je le sais ! Qu'est-ce qu'il va faire s'il nous attrape ? Qu'est-ce qu'il te fera ? Nuala, je ne peux pas… Il pourrait te tuer. Je préfère encore te voir mariée que te trouver morte dans un fossé !

Nuala, effondrée, supplia sa mère de lui ouvrir la porte, mais Josey était paralysée de terreur. Assise sur une chaise, immobile, elle fixait le vide. Quand l'heure du rendez-vous fut passée, Nuala resta prostrée dans un coin de la cuisine, secouée de sanglots.

Elle pensait à ses tantes qui l'attendaient au carrefour. Elle les voyait scruter la route d'un air anxieux, tentant de l'apercevoir et repoussant au maximum le moment de partir. Et puis elle les imaginait renoncer, déchirées, consternées, et commencer leur propre voyage. Il n'y avait pas le téléphone chez les Slowney, à cette époque, aussi ses tantes n'avaient-elles pas pu s'assurer que tout se passerait comme prévu. Nuala ne devait jamais revoir sa tante Margaret. La femme qui a tenté de la sauver est aujourd'hui décédée. Cet espoir gâché fut l'une des pires heures de la vie de Nuala.

Longtemps après, Dan découvrit que ses sœurs avaient nourri le projet « d'enlever » Nuala, ce qui ne fut pas pour les rapprocher. Les deux femmes revinrent en Irlande à l'occasion des funérailles d'un membre de la famille : Dan et elles ne s'adressèrent pas la parole. Il ne voulait plus jamais avoir affaire à elles, et réciproquement. Nuala, qui était alors mariée, ne vit pas ses tantes lors de ce séjour. Elles ne pouvaient plus faire grand-chose pour l'aider.

Si Nuala avait pu sortir de la maison, ce jour-là, elle se serait enfuie. Elle connaissait un raccourci à travers champs qui menait au carrefour, et elle courait très vite. À un moment, elle songea même à briser un carreau de la fenêtre de sa chambre. Toutes les fenêtres de la maison étaient anciennes et collaient à l'encadrement par plusieurs couches de peinture, si bien qu'il était difficile de les ouvrir.

Si Nuala avait réussi à s'enfuir ce jour-là, le cours de son existence en aurait été bouleversé. Mais sa volonté avait cédé face à la culpabilité d'abandonner sa mère à un destin incertain.

Les vacances d'été s'achevèrent et Nuala retourna brièvement au lycée. Les cours ne commencèrent pas tout de suite, le temps de répartir les élèves dans les classes et de leur fournir la liste des livres à se procurer. Après l'échec de sa tentative de fuite, Nuala avait sombré dans la dépression. Son père la conduisait au lycée et allait la chercher. Il l'avait bien mise en garde : elle ne devait pas dire qu'elle s'apprêtait à se marier.

D'habitude, Nuala n'aimait pas trop l'école, mais tout valait mieux que rester à la maison. Elle était soulagée de pouvoir échapper quelques heures à cette atmosphère oppressante. Elle ne resterait que deux ou trois jours au lycée : le samedi suivant, elle devait se marier. Elle espérait pouvoir continuer ses études par la suite – si toutefois elle ne se suicidait pas d'ici là, et cette éventualité lui semblait de moins en moins improbable.

Elle ne parla pas de son mariage aux religieuses. D'une certaine manière, elle n'arrivait pas encore à croire qu'elle allait épouser ce vieil agriculteur. Et puis elle n'avait pas envie de s'ouvrir à elles. Elle ne s'était jamais sentie proche des religieuses. En général, elle s'asseyait au fond de la classe et ne se faisait pas remarquer.

Revoir Carmel fut pour Nuala un vrai plaisir. Un matin, elles échangèrent quelques mots à voix basse dans un couloir, avant d'entrer en classe :

— C'est dans deux jours, dit Nuala. Tout est prêt : l'église, le restaurant, tout le bordel… Oh, Carmel, j'ai vraiment peur !

— C'est pas vrai ! s'étrangla Carmel. Il reste encore un peu de temps… Peut-être qu'il n'ira pas jusqu'au bout…

À ce moment-là, Carmel avait cessé de croire que Dan plaisantait. Elle savait pertinemment qu'il était sérieux et que le compte à rebours final avait commencé. Elle s'efforçait juste, comme à son habitude, d'entretenir un peu d'espoir chez son amie. Nuala lui raconta alors sa tentative de fuite malheureuse. En entendant cela, Carmel se sentit découragée. Elle, toujours si optimiste, ne parvint pas cette fois à trouver des raisons de garder le sourire.

Le lendemain, dernier jour de classe pour Nuala, le couloir abrita un nouveau conciliabule entre Nuala, Carmel et deux de leurs amies, Pauline et Grace. Nuala leur annonça que son père n'avait pas renoncé à la marier, laissant les deux adolescentes bouche bée.

— Moi, je me suiciderais…, commenta Grace.

Carmel lui jeta un regard cinglant.

— Merci beaucoup pour ta participation, Grace, ça nous aide vraiment. Qu'est-ce que tu conseillerais : la corde ou le poison ?

— Désolée, fit Grace.

— Tu devrais peut-être en parler aux religieuses, Nuala, enchaîna Pauline. Sœur Alfonsus n'est pas si terrible…

— Laisse tomber, ça changerait rien pour mon père et il me punirait d'avoir craché le morceau. Je serais bonne pour une raclée en plus d'un mariage.

— Enfuis-toi, Nuala, dit Carmel. Moi, c'est ce que je ferais. Peut-être que ton père n'ira pas jusqu'au bout. Peut-être qu'il arrêtera tout à la dernière minute. Mais tu ne peux pas prendre ce risque. Va-t'en. Maintenant. Avant qu'il vienne te chercher. Tire-toi de là, t'as plus beaucoup de temps. Il est déjà 16 heures, il sera là dans dix minutes !

— Mais où veux-tu que j'aille ? Où est-ce que je me cacherais ? J'ai pas d'argent ! Si je fugue et que la police me chope, ils me ramèneront chez moi.

Pour une fois, Carmel avait manqué de réalisme. Peut-être à cause de la panique. Les minutes s'envolaient et Dan n'allait pas tarder à attendre dehors, l'œil aux aguets.

Pauline regarda par la fenêtre.

— Il arrive, je vois sa voiture, prévint-elle.

Carmel serra Nuala dans ses bras et elles se mirent à pleurer. Leurs amies craquèrent elles aussi. Elles restèrent toutes les trois avec Nuala jusqu'à la dernière minute, jusqu'à ce qu'il soit temps pour elle de partir.

— Je serai là demain, Nuala, lui assura Carmel.

Les filles frissonnèrent en la regardant sortir et monter dans la voiture de son père. C'était un vendredi. Ce devait être le dernier jour de classe de Nuala et la toute dernière fois qu'elle portait son uniforme. Le lendemain, elle se glisserait dans une robe de mariée. La voiture démarra. Les filles ne la quittèrent pas des yeux jusqu'à ce qu'elle disparaisse.

Le jour de la célébration du mariage reste gravé à jamais dans la mémoire de Nuala. Le garçon d'honneur était son frère Ignatius, qui vivait en Angleterre. La femme de ce dernier, avec qui Nuala s'entend toujours très bien, était sa demoiselle d'honneur. Son frère et sa belle-sœur n'auraient rien pu faire pour empêcher le mariage. Nuala ne leur en a jamais voulu d'y avoir participé. C'est sa belle-sœur qui l'a aidée à s'habiller ce matin-là. Même au moment d'enfiler sa robe de mariée, Nuala espérait encore que son père pût tout arrêter.

Conor, qui avait émigré en Angleterre deux semaines plus tôt, n'assista pas au mariage de sa sœur. Les seuls convives présents furent Ignatius, sa femme, Dan, Josey et Fidelma. Personne n'avait prévenu Nuala que son ancien chaperon quittait la maison. Un matin, au petit-déjeuner, elle remarqua qu'il n'était pas là.

— Où est Conor? demanda-t-elle.

— Oh, il est parti en Angleterre hier, répondit simplement son père.

Conor n'avait jamais été très loquace.

Nuala se saoula tellement le jour de son mariage qu'elle ne se rappelle pas comment elle est rentrée chez ses parents. Quelqu'un a dû la raccompagner et la porter jusqu'à son lit. Le lendemain matin, à la lueur du soleil qui filtrait par la fenêtre, elle se réveilla tout habillée avec une sévère gueule de bois. Elle se prit à espérer que tout cela n'avait été qu'un cauchemar, que cet horrible mariage n'était que le fruit de son imagination... Puis la terrible réalité lui revint en mémoire: elle était bel et bien prise au piège. Aux yeux de l'Église et de l'État, hormis cas exceptionnels, le mariage dure toute la vie. Nuala avait l'impression d'avoir été condamnée à perpétuité. Avec le recul, elle aurait certainement pu obtenir une annulation du mariage religieux, si seulement elle l'avait demandée. Cette procédure avait eu tendance à se banaliser dans l'Irlande des années 1970. Mais elle n'en savait rien.

Sa mère entra dans sa chambre et lui rappela doucement qu'elle était désormais une femme mariée et qu'elle devait aller vivre chez son époux. Un frisson parcourut Nuala: Paddy était déjà là, venu chercher son «trophée». Il l'attendait pour repartir. Comme si les barbares avaient envahi sa forteresse. «*Oh mon Dieu*», gémit-elle en silence.

Comme d'habitude, son père fut inflexible.

— Tu dois partir avec lui maintenant, compris ? lui dit-il d'un air sévère.

Quand elle rejoignit ses parents et son nouveau seigneur et maître dans la cuisine, Nuala valait le coup d'œil, échevelée, la mine défaite par l'alcool et encore vêtue de sa robe de mariée défraîchie dans laquelle elle avait dormi. Pas vraiment l'image de la petite femme idéale que Dan avait toujours donnée d'elle !

— Non mais regarde-toi ! lui siffla son père, furieux.

Les deux hommes lui reprochèrent d'avoir trop bu. Elle ne prit pas de petit-déjeuner. Elle n'aurait rien pu avaler et ne s'était jamais sentie aussi mal. Entre sa gueule de bois et l'idée qu'elle était mariée à cet homme, elle n'avait qu'une envie : s'allonger et se laisser mourir. Pendant qu'on servait quelque chose à manger à Paddy, elle alla se laver, se coiffer et, comme on le lui avait demandé, revêtir sa « tenue de lune de miel ». Sa mère pleura en préparant une valise avec ses affaires de toilette et quelques vêtements, dont sa robe de mariée, pour ce départ vers une vie incertaine. Le peu d'affaires qu'elle possédait par ailleurs avaient déjà été emportées chez Paddy.

En prenant place dans sa voiture, elle eut le sentiment qu'on l'emmenait dans la cellule du condamné. Assise à l'avant, l'air maussade, elle fixait l'horizon. Elle se tortilla de dégoût lorsqu'il posa une main sur sa jambe et lui dit :

— Tu vas être heureuse, Nuala.

« *Qu'est-ce que tu peux bien savoir de mon bonheur, connard !* », pesta-t-elle en silence.

La première initiative de Paddy fut d'emmener Nuala à la messe dans sa paroisse. Comme la plupart des fermiers de sa génération, il ne ratait jamais l'office du dimanche. Mais sans doute avait-il en tête une autre motivation que sa foi, ce matin-là : il voulait exhiber son trophée, sa jeune épouse. Juste avant le début de la messe, ils remontèrent l'allée centrale au vu de tous pour aller s'asseoir au premier rang. Paddy était une figure locale, et tous les fidèles présents dans la petite église se levèrent et se mirent à applaudir le couple. Nuala s'attendait presque à ce que quelqu'un lance : « Félicitations, Paddy, tu as mis le grappin sur un joli brin de fille ! »

Lui, de son côté, semblait leur dire : « Regardez ce que j'ai là. » Tout le monde dévisageait Nuala. La Princesse de Galles n'aurait pas davantage retenu l'attention. Nuala se sentait à la fois très mal à l'aise et pétrie d'amertume. La réaction de l'assemblée la décontenança : jamais, ni avant ni depuis, elle ne vit des gens se lever et applaudir ainsi. Elle aurait voulu que le sol s'ouvre sous ses pieds et l'engloutisse. Pendant la messe, le prêtre félicita les mariés et leur souhaita de longues années de bonheur. « *Tu parles !* », pensa-t-elle.

Paddy conduisit sa jeune épouse à la maison après l'office. En sortant de la voiture, Nuala fut accueillie par Lassie qui courut vers elle en aboyant gaiement. Elle était contente que le chien se souvienne d'elle, mais sa démonstration d'affection ne parvint pas à lui remonter le moral. Paddy fit entrer Nuala dans la cuisine et appela Sylvester, l'ouvrier agricole. Ce dernier n'avait pas été informé que son patron se remariait. Nuala n'oublierait jamais l'expression qu'il afficha quand Paddy lui annonça : « Voici ma femme. » Il lui raconta souvent, par la suite, à quel point il avait été surpris. Paddy offrit un verre à Sylvester pour fêter l'événement mais n'en proposa pas à Nuala. De toute façon, elle avait tellement abusé la veille qu'elle pensait ne plus jamais boire d'alcool de sa vie. Paddy lui fit ensuite faire un tour de la maison et lui montra sa chambre, où elle s'installa. Elle remarqua que la porte avait une serrure, mais pas de clé. Elle espéra pouvoir trouver un moyen de se protéger d'éventuels intrus.

Dès le lendemain, un lundi, Dan fit l'acquisition d'une Mini Morris dans un garage du coin. Nuala aperçut son père au volant de la voiture et se demanda par quel miracle il avait bien pu l'acheter. Elle devait coûter environ 850 livres. Malgré son talent de vendeur et ses petites magouilles, elle savait qu'il n'avait pas un sou. Il dépensait tout son argent dans les pubs et les paris. Où donc avait-il trouvé de quoi se payer une nouvelle voiture ?

6

Les jeunes mariés

Au début, Paddy se comporta en parfait gentleman envers sa jeune épouse. Elle était soulagée d'avoir sa propre chambre, qu'elle ne tarda pas à décorer de photos et posters de David Essex. Quitte à vivre dans cette maison, autant la rendre la plus agréable possible, se dit-elle. Un grand escalier circulaire menait de sa chambre au rez-de-chaussée. À l'abri des regards, Nuala se laissait glisser sur la rampe. Au fond d'elle, elle n'était encore qu'une enfant. Elle ne parvenait pas vraiment à se représenter comme une femme mariée et n'avait qu'une vague idée des choses de la vie. Elle avait abordé discrètement la question de la sexualité avec l'une de ses tantes – un sujet dont on ne parlait jamais, chez elle.

— Tatie, qu'est-ce qui se passe quand deux personnes se marient?

Sa tante lui avait expliqué en quoi consistait un rapport sexuel, sans lui donner trop de détails.

— J'aurai pas à faire ça, hein? s'était-elle inquiétée, médusée. Papa m'a dit que j'aurais pas à le faire…

L'idée d'avoir à coucher avec ce vieil homme qu'on l'avait forcée à épouser la terrifiait et la dégoûtait. Une fois de plus, elle tenta de se rassurer: on lui avait promis qu'il n'y aurait aucun contact physique entre eux. Et puis Paddy ne lui avait-il pas réservé sa propre chambre à l'étage? La sienne se trouvait de l'autre côté du palier.

Dans les premiers temps, Nuala se méfiait surtout du second homme de la maison. Sylvester vivait dans un grenier au-dessus d'une cuisine attenante à la maison. Pour y accéder, il devait gravir une échelle posée contre le pignon, dans la cour de la ferme. Il n'avait pas l'électricité dans son misérable logement, percé d'une minuscule fenêtre. Une lampe à pétrole lui servait à s'éclairer. Il n'avait pas non plus de chauffage, si ce n'est la chaleur qui remontait du poêle à charbon de la cuisine. En emménageant chez Paddy, Nuala ne savait trop que penser de Sylvester. Elle décida, par sécurité, de le menacer d'emblée: « Si vous me touchez, je vous tue », lança-t-elle à un Sylvester interloqué, dès qu'elle se retrouva seule avec lui. Il se révéla en fait un homme charmant, pour qui Nuala se prit d'une amitié sincère. L'un et l'autre étaient comme deux exilés vivant dans un monde étranger qui ne leur faisait pas de cadeaux.

Sylvester n'avait quasiment pas de famille. Il avait vécu pendant longtemps en foyer spécialisé et se tuait désormais à la tâche à la ferme pour une maigre pitance de trois livres par semaine.

Avant l'arrivée de Nuala, il devait se nourrir sur ses propres deniers : il achetait du pain et un peu de charcuterie ou de corned-beef à l'épicerie et se préparait un sandwich qu'il mangeait dans la cuisine. Parfois, il se faisait cuire quelques tranches de bacon. Nuala tenta de lui offrir un semblant de vie décente en lui proposant des repas chauds et en l'invitant à venir regarder la télévision et profiter du feu de cheminée dès que Paddy avait le dos tourné. D'habitude, Sylvester était confiné à la cuisine et au grenier. L'adolescente et l'ouvrier avaient de petites attentions l'un pour l'autre, s'offrant des bonbons et des cigarettes quand ils le pouvaient. La personnalité extravertie et l'esprit vif de Nuala ravissaient Sylvester. Elle apporta beaucoup de joie dans la morne existence du manœuvre.

Sylvester en vint à apprécier de vivre aux côtés de cette adolescente pleine d'entrain qui semblait tout droit venue d'une autre planète. Le soir, Nuala préférait discuter avec lui dans la cuisine froide plutôt que de regarder la télévision avec son mari au coin du feu. Dès que Paddy sortait, elle proposait à Sylvester de venir bavarder avec elle dans la grande maison lugubre où résonnait le moindre murmure. Parfois même, quand Paddy était là, elle lui demandait l'autorisation d'inviter son ami. Comme il ne savait pas lire, elle lui lisait à voix haute les articles de journaux sur les sujets qui l'intéressaient. Elle lui rapporta une radio de chez ses parents et fit poser du lino dans son grenier – une pièce sombre et déprimante qu'elle détestait. Elle avait le sentiment qu'ils avaient des choses en commun. Elle n'avait pas de vie, et lui non plus : il semblait être né pour servir d'esclave.

— Pourquoi est-ce que tu ne pars pas ? lui demandait-elle parfois. Tu pourrais essayer de gagner ta vie ailleurs ?

— Mais où veux-tu que j'aille ? lui répondait-il.

Paddy usait de menaces pour le garder sous contrôle : « Tu vas retourner en foyer ! »

Nuala avait un autre ami : Lassie. Elle donnait tout son amour au bobtail, qui le lui rendait bien. Elle adorait la manière dont Lassie se précipitait vers elle pour l'accueillir dès qu'il la voyait. Nuala se disait que ce chien avait toujours dû manquer d'affection et qu'il réagissait à l'attachement qu'elle lui manifestait. Nuala était plus tendre envers l'animal qu'envers son mari.

Elle avait appris à cuisiner dès son plus jeune âge et il était convenu qu'elle devrait préparer les repas et assumer quelques tâches ménagères dans sa nouvelle demeure. De temps en temps, deux employées venaient à la maison : l'une pour le ménage, l'autre en tant que gouvernante. Elle ne s'entendait guère avec cette dernière, notamment concernant la cuisine. La gouvernante était une femme d'âge mûr, et l'on peut comprendre qu'elle s'offusquât des remarques d'une jeunette qui avait soudain envahi son domaine. Furieuse de son attitude envers elle, Nuala eut un soir un éclair de génie : elle allait jouer les maîtresses de maison. Le lendemain matin, l'adolescente de seize ans arbora ce qu'elle espérait être un air autoritaire et assena à la gouvernante, ébahie :

— Il y a quelque chose que vous devez comprendre, madame. Je suis la femme du patron. Vous n'avez pas à me dire ce que je dois faire. Ici, c'est moi qui donne les ordres. Est-ce que c'est clair ?

La pauvre femme resta sans voix. C'était sans doute la première fois que Nuala exigeait quelque chose d'un adulte, et elle adora cela. Après tout, pourquoi ne pas tirer profit de sa situation d'épouse – fût-ce contre son gré – du maître des lieux ? La gouvernante et la femme de ménage cessèrent de venir au bout de quelques jours.

Par rapport à la maison de ses parents, située en plein village et où l'on entendait toujours les conversations des passants, Nuala trouvait sa nouvelle demeure étrangement calme et isolée. Elle n'était qu'à un quart d'heure de marche du village de Dunkellin, mais sans le moindre voisinage à proximité. Dunkellin ressemblait à toutes les bourgades de la région : une rue principale étroite bordée de maisons mitoyennes à un étage, au toit en ardoise, quelques pubs et magasins, une église, un cimetière et un bureau de poste.

La maison de Paddy lui semblait être l'endroit le plus reculé du monde. La solitude et le calme des lieux avaient certainement de quoi plaire, mais ça lui faisait peur. Elle entendait parfois un chien aboyer ou une vache meugler, ou encore les corbeaux, le vent dans les arbres ou le bruit éloigné d'une voiture, mais rien d'autre. Les premiers temps, elle laissait la lumière allumée la nuit. Elle avait une peur panique que son mari ne s'immisce dans sa chambre. Il n'était encore qu'un étranger pour elle.

D'une certaine manière, Paddy la traitait comme une enfant. Il lui prenait la main pour se déplacer dans la maison et dans la ferme. L'activité essentielle de l'agriculteur était la production de lait. Il essaya de lui apprendre à traire une vache, mais c'était au-dessus de ses forces : la seule vue de l'animal la faisait fuir. Nuala avait peur des vaches, bien qu'ayant grandi à la campagne. Et puis, tout cela ne l'intéressait pas. Elle préférait la musique pop et les dancings.

Elle imaginait la scène si un garçon l'abordait en soirée :

— Qu'est-ce que tu fais dans la vie?

— Je trais des vaches!

Elle appréciait beaucoup de nourrir les veaux, mais cela n'avait pas grand-chose à voir avec le travail de la ferme – elle les voyait comme des animaux domestiques dont elle aimait s'occuper. Elle les adorait ; ils étaient si attachants, si innocents!

Paddy possédait également des champs à quelques kilomètres de chez lui, dominés par une colline. Un jour, il emmena Nuala au sommet de cette colline et lui dit, montrant ses terres :

— Un jour, tout cela sera à toi, Nuala.

— Ouais, répondit l'adolescente en regardant ses ongles.

Paddy réfléchissait comme un homme du passé, supposant que n'importe quelle femme d'un milieu modeste s'estimerait privilégiée de bénéficier, en se mariant avec lui, d'une belle maison et d'une grande ferme qu'elle hériterait, selon toute probabilité, après sa mort. Grâce à lui, elle allait devenir riche. Elle quittait une maison délabrée pour la demeure élégante d'un fermier aisé. Ne devait-elle pas lui en être reconnaissante ? Que pouvait-elle vouloir de plus ? Malheureusement pour Paddy, Nuala était une jeune fille de son temps qui croyait aux mariages d'amour. Elle pensait qu'elle avait le droit de choisir l'homme qu'elle épouserait. De son point de vue, Paddy avait utilisé sa fortune pour s'exonérer des exigences d'une romance moderne. Au lieu de tenter de gagner loyalement le cœur d'une femme, il avait fait affaire avec un père qui n'hésitait pas à abuser de son autorité en forçant sa fille à se marier. Elle avait le sentiment que Paddy avait triché.

Personne ne lui avait jamais demandé ce qu'elle voulait, et cela la révoltait. Son père ne lui avait jamais demandé si elle voulait épouser Paddy. Et Paddy ne le lui avait jamais demandé non plus. Elle avait l'impression d'être un objet qu'il avait repéré en vitrine, qu'il avait eu envie d'acheter et pour lequel il avait versé des arrhes.

On ne pouvait pas parler de demande en mariage. Elle avait exprimé clairement à son père son refus d'épouser cet homme, mais il n'en avait tenu aucun compte. Sa vie entière était en jeu, mais ce qu'elle voulait n'avait pas la moindre importance. Dans toute cette histoire, elle n'avait pas davantage eu son mot à dire qu'une génisse négociée sur un marché à bestiaux.

Après avoir emménagé chez Paddy, Nuala resta sous étroite surveillance, comme une enfant. Si elle jurait, si elle fumait, son mari téléphonait à son père ou allait l'en informer en personne. Dan venait à Dunkellin presque tous les deux jours pour s'assurer que Nuala se comportait bien. Il avait une énorme influence sur Paddy. Par exemple, comme Dan ne voulait pas que sa fille fréquente ses anciens amis, il demanda à Paddy de veiller à ce qu'elle ne les voie plus. Tout ce qu'il disait était parole d'évangile. « Ton père a dit que tu devais faire ceci ou cela », répétait Paddy. Même mariée, Nuala demeurait sous son contrôle.

Josey accompagnait souvent Dan chez Paddy. Nuala et elle discutaient alors dans la cuisine, tandis que les hommes buvaient un verre dans le salon. Josey espérait que Nuala ne provoquerait pas son père : « Tu sais comment il est », prévenait-elle. Elle essayait de consoler sa fille : « Ça ne va pas durer éternellement... » Dan restait le maître de Nuala et, bien sûr, elle avait désormais un second chaperon : son mari. Il lui arrivait de désobéir mais, la plupart du temps, elle n'avait d'autre choix que de faire ce qu'ils lui demandaient. La notion de féminisme leur était totalement étrangère. Nuala elle-même, à cette époque, n'en avait qu'une vague conscience : elle avait bien entendu parler, à la télévision, de ces femmes qui brûlaient leurs soutiens-gorge en Amérique, mais elle était loin de se sentir concernée.

Un jour, une vieille Hillman Hunter noire remonta lentement l'allée qui menait chez Paddy et s'arrêta devant la maison. Une religieuse sortit de la voiture et vint frapper à la porte. C'était sœur Alfonsus, l'ancien professeur de Nuala. Celle-ci l'invita à s'asseoir au salon. Josey, qui était venue voir sa fille, alla dans la cuisine préparer du thé et des biscuits. Paddy et Sylvester étaient sortis. Profitant de son tête-à-tête avec Nuala, la religieuse aborda d'emblée l'objet de sa visite :

— Nuala, je ne savais pas que tu allais te marier. Pourquoi ne nous en as-tu pas parlé ?

— C'est une longue histoire, ma sœur.

— J'entends des tas de rumeurs qui circulent…

— Si vous voulez savoir si on m'a forcée, la réponse est oui.

— Tu aurais dû venir nous voir.

— De toute façon, c'est trop tard.

— Tu te débrouillais bien à l'école. Tu peux encore revenir.

— Ils ne veulent pas que j'y retourne.

— Tu aurais réussi tous tes examens. Tu voulais bien devenir infirmière, n'est-ce pas ?

— Je voulais m'occuper des anciens… Au lieu de ça, j'en ai épousé un.

Nuala sanglota, en pensant peut-être à la vie qu'elle aurait pu avoir.

— Désolée, dit-elle en essuyant ses larmes.

— Ne t'inquiète pas, répondit la religieuse. Prends ton temps.

— Comment m'avez-vous retrouvée, ma sœur ?

— Il n'y a pas beaucoup de secrets, à Knockslattery…

Sœur Alfonsus se montrait pleine d'empathie, mais Nuala voyait bien qu'à ses yeux, comme à ceux de tant d'autres, religieux ou laïcs, dans l'Irlande de cette époque, le mariage était l'engagement d'une vie, pour le meilleur et pour le pire. Malgré le tact dont elle essayait de faire preuve, elle ne semblait pas donner beaucoup de chances à cette union. « Cela pourrait fonctionner », dit-elle à Nuala, qu'elle quitta sur un mot guère plus encourageant : « Je ferai dire une messe pour toi. »

Nuala apprit ensuite par sa mère que la religieuse avait demandé à s'entretenir avec Dan. Forte de sa longue expérience de leçons de morale, elle s'en prit sans ménagement à Dan :

— Faire cela à votre fille… Vous n'êtes qu'une sombre brute !

Dan n'y accorda pas la moindre importance. Le mariage avait eu lieu, le contrat avait été honoré, tout le reste n'était que du vent.

— C'est pas parce que vous portez l'habit que vous avez le droit de me donner des ordres, lui répondit-il. Maintenant, foutez-moi le camp!

Nuala aurait aimé reprendre ses études après son mariage. Son père le lui avait d'ailleurs promis. Mais après la cérémonie, ce fut une autre histoire: ni lui ni Paddy ne voulaient plus qu'elle retourne au lycée. Peut-être estimaient-ils que la femme d'un fermier n'avait pas besoin de diplômes. Ou alors, plus probablement, ils voulaient oublier que Paddy avait épousé une lycéenne. Ce dernier n'envisageait sans doute pas d'un bon œil de voir sa femme se promener en uniforme. Quelle que fût la raison, les études de Nuala étaient bel et bien terminées, même si elle essayait de continuer de s'instruire à travers les livres. Pour la jeune fille, ce n'était qu'une trahison de plus.

Paddy aimait la faire passer pour plus âgée qu'elle n'était, mais Nuala refusait fermement d'entrer dans son jeu. Elle prenait un malin plaisir à répondre sans détour à toute personne qui avait la curiosité de lui poser la question. Une de ses premières sorties hors de chez Paddy la mena dans une épicerie de Dunkellin. Des femmes d'agriculteurs se trouvaient là à discuter. Un silence accueillit l'entrée de Nuala. L'adolescente devint le centre de l'attention.

— Oh! Mais c'est Nuala, la nouvelle femme de Paddy. Comment vas-tu, Nuala? Tu as l'air bien jeune… Quel âge as-tu?

— Seize ans, répondit-elle franchement.

Les femmes échangèrent des regards discrets, médusées.

— Mais Paddy a dit que tu avais dix-neuf ans, commenta l'une d'elles.

— Non, c'est faux. J'ai seize ans.

Nuala adorait les revues pour adolescentes et commandait ses magazines préférés chez l'épicier. Elle les feuilletait avec ferveur, à l'affût d'un poster ou d'une photo de son idole, David Essex, qu'elle découpait et ajoutait à sa collection. Parfois, elle s'achetait des bonbons. Un jour, elle rentra à la maison une sucette à la bouche. En la voyant, Paddy devint fou furieux :

— Tu es mariée, maintenant, arrête de te comporter comme une enfant ! lui dit-il en lui arrachant la sucette.

— Mais c'est ce que je suis, non ? sanglota-t-elle.

Elle continua d'acheter des sucettes, mais en cachette.

On avait beau l'avoir forcée à s'unir à cet homme, Nuala n'en avait pas moins un tempérament bien trempé qui trouvait de temps en temps à s'exprimer – en particulier le jour où Paddy lui acheta des bottes en caoutchouc, ce qui la scandalisa. À ses yeux, ce n'était qu'une première étape : il cherchait à la métamorphoser en femme d'agriculteur, un rôle dont elle ne voulait pas. Ces bottes symbolisaient le début d'un inexorable chemin de servitude à la ferme, et elle refusait de l'accepter. Sa réaction ne se fit pas attendre : elle les jeta au feu.

— Tu ne feras pas de moi une femme d'agriculteur ! lança-t-elle à son mari.

Étonnamment, Paddy s'amusa de cet incident. À ce stade de leur relation, il la traitait encore avec une certaine douceur. Les femmes que Nuala avait rencontrées, toutes aussi ternes qu'ennuyeuses, ne lui donnaient aucune envie de leur ressembler. Elle ne voulait ni de leur vie de labeur ni de leur odeur de bouse de vache.

De leur côté, certaines de ces femmes ne la portaient pas particulièrement dans leur cœur. Elle avait entendu dire que l'une d'elles accusait son propre mari de s'intéresser d'un peu trop près à la jeune épouse de Paddy. « Elle lui a tourné la tête ! », se plaignait-elle. Dans la petite épicerie locale, les ragots allaient bon train, sans toujours beaucoup de discrétion : « Surveille bien ton mari, ce n'est qu'une petite traînée ! » Nuala donnait le change, faisant mine de ne pas en être blessée, et sortait la tête haute, le sourire aux lèvres. Mais en réalité, ces piques la touchaient et elle fondait en larmes en rentrant à la maison.

Chaque semaine, Paddy achetait le *Farmer's Journal* puis le lui donnait. « Lis ça ! disait-il. Il faut que tu apprennes à être une femme d'agriculteur. » Il tenta aussi de la convaincre d'adhérer à l'honorable *Irish Countrywomen's Association*, mais en vain : Nuala ne pouvait tout simplement pas s'imaginer parmi ces femmes.

Au début de leur mariage, Paddy était aux petits soins avec Nuala : elle obtenait à peu près tout ce qu'elle voulait. Cela ne la rendait pas plus heureuse mais, au moins, la vie était supportable. Nuala n'ayant pas apprécié que les seules toilettes de la maison soient situées à l'extérieur, Paddy en fit construire dans un ancien garde-manger attenant à la cuisine. Il installa aussi le téléphone, qu'il prenait toutefois soin, en homme économe, de mettre sous clé dans un placard en son absence. Il n'y avait pas non plus de télévision lorsque Nuala emménagea chez lui : il accepta d'en acheter une. Elle ne captait que la chaîne irlandaise, RTÉ, et Paddy tenait à ce qu'elle soit éteinte au plus tard vers 21 h 30.

Nuala demanda à Paddy de lui acheter un âne qu'un voisin de ses parents vendait. Peu docile, l'animal refusait obstinément de se laisser monter et mit à terre Nuala dès sa première tentative. Ce soir-là, Paddy tua l'âne d'un coup de fusil. La jeune fille en fut bouleversée.

Le vieil homme n'oubliait jamais de lui acheter son shampoing et son déodorant préférés. Il lui offrait aussi des boîtes de chocolat Milk Tray – un vrai luxe. Elle pouvait aller s'acheter des vêtements avec sa mère. C'était la mode des minijupes, dans lesquelles Nuala se trouvait jolie – le tennis et la course avaient sculpté sa silhouette. À son retour, Paddy lui demandait de lui montrer ses achats. Il la regardait alors d'un œil admiratif : « Ça te va très bien. »

Lorsque Nuala retournait chez ses parents avec sa mère, elle s'éclipsait pour aller voir Carmel, impatiente d'entendre les compliments que son amie ne manquerait pas de lui adresser sur ses nouveaux vêtements.

— Nuala, tu es magnifique ! Tourne-toi un peu ?

— C'est lui qui a payé la tenue. Et le maquillage.

— Ouah, il doit être plein aux as ! Maman attend les soldes pour m'acheter un nouveau jean. Mais il y a quand même un problème : s'il te donne tout ça, qu'est-ce qu'il attend en retour ?

— Qu'est-ce que tu veux dire ?

— Ben… la chose. C'est ça qu'il attend ?

— Il peut se rincer l'œil autant qu'il veut, il touchera pas !

Elles éclatèrent de rire. Nuala continua :

— Tu sais, on a passé un accord là-dessus. Tout est réglé, on m'a donné des garanties. Je suis juste une sorte de compagne, j'ai ma propre chambre et tout.

— Donc pas question de t'envoyer en l'air, sourit Carmel.

— Ah ça, sûrement pas !

— Bon alors, ça fait quoi de vivre là-bas ?

— En fait, je m'ennuie à crever. Il y a quelques petits veaux vraiment mignons, j'aime bien les nourrir… Et un bobtail, Lassie, que j'adore et qui m'adore, et qui me suit partout ! C'est un mâle, même s'il a un nom de fille. Dans la maison, il y a une longue rampe où on peut se laisser glisser. Je vais courir de temps en temps, mais à part ça et un peu de ménage, il n'y a vraiment rien à faire. Tu parles d'un trou paumé !

Nuala tendit un petit sac en papier à Carmel.

— Tiens, c'est pour toi : des Milk Tray.

Carmel ouvrit de grands yeux.

— Oh, Nuala, t'es vraiment géniale !

— Ça aussi, c'est lui qui l'a acheté…

Carmel étudia les chocolats.

— Bien joué, Nuala, en plus, t'as pris les bons. Je déteste ceux au caramel dur.

— Comme si je le savais pas!

Tandis que Carmel triait les chocolats, Nuala lui demanda d'une voix timide:

— Et comment va Larry? Tu as des nouvelles?

— T'es pas au courant? Il sort avec Evelyn. Je crois qu'il lui a toujours bien plu.

Nuala sentit une vague de regrets mais n'en dit rien.

Paddy était extrêmement fier de sa jeune et jolie épouse. Il aimait l'exhiber. Quand il l'emmenait dans les pubs ou les salles de danse, elle était au centre de l'attention. Certains croyaient parfois que Nuala était la fille de Paddy – ou sa petite-fille. Dans les fêtes, de jeunes garçons venaient lui demander l'autorisation de danser avec sa fille. Cela avait le don de le mettre hors de lui.

— C'est toi qui lui as demandé de dire ça? reprochait-il à Nuala.

Paddy lui indiquait avec qui elle avait l'autorisation de danser ou pas. Parfois, quand on jouait une valse, il l'emmenait sur la piste. Elle savait très bien, alors, ce qui allait se passer: les autres danseurs s'écarteraient pour que tout le monde les voie. «Regardez-moi celle-là, avec le vieux…» Elle ressentait toujours une gêne en dansant avec lui.

Juste après leur mariage, la maison vit défiler un flot de visiteurs – pour l'essentiel, de vieux agriculteurs impatients de voir la jeune et séduisante épouse de Paddy. La plupart étaient simplement curieux, quelques-uns légèrement lubriques. Ils venaient de loin pour la voir. Certains étaient des célibataires endurcis, d'autres de vieilles connaissances que Paddy n'avait pas vues depuis des années. « Ils ne venaient jamais me rendre visite quand tu n'étais pas là », lui disait-il souvent.

À deux reprises, Paddy emmena Nuala au marché aux bestiaux. La seconde fois, ne connaissant rien aux animaux, elle eut peur de se faire charger par un troupeau de bovins. Après cela, il ne lui proposa plus de l'accompagner. Là encore, Nuala attirait tous les regards. Les agriculteurs se pressaient autour d'elle comme des abeilles attirées par le miel. Certains vieillards au sourire édenté lui lançaient des clins d'œil auxquels, si Paddy ne regardait pas, elle répondait pour s'amuser. Au pub, certains l'abordaient même, lui demandant : « Il couche avec toi ? » ou « Je peux te voir plus tard ? » ou encore « T'es un joli bout de femme ». Elle avait l'impression d'être un animal de foire.

Paddy essaya bien de discuter avec elle, mais leur différence d'âge était trop grande. Ils n'avaient aucun sujet de conversation en commun. Ils prenaient leurs repas en silence, tous les deux, dans la cuisine. Même après plusieurs semaines passées ensemble, ils demeuraient étrangers l'un pour l'autre.

Pour s'occuper, Nuala préparait les repas et faisait le ménage. Sa mère lui prêtait main-forte lors de ses fréquentes visites. Mais un minimum d'activité l'aidait à chasser l'ennui, dont le spectre planait en permanence au-dessus d'elle. La vie dans cette grande maison, loin de ses amis et des préoccupations de son âge, lui semblait fastidieuse. Elle abordait certaines tâches ménagères comme des défis : il y avait une belle table en acajou dans la salle à manger, qu'elle adorait cirer et frotter jusqu'à ce qu'elle brille.

Bien qu'étant officiellement la femme du patron, Nuala avait le sentiment de ne pas avoir de véritable statut au sein du couple. À part quelques achats d'appoint à l'épicerie du coin, c'est Paddy qui faisait les courses, en général en rentrant de la laiterie. Elle n'en pouvait plus de manger du bacon saumuré. La ferme leur offrait des légumes en quantité suffisante et, grâce aux relations de Paddy, ils ne manquaient jamais de pains au lait ni de beurre artisanal. Nuala en détestait le goût très prononcé, auquel elle préférait la douceur du beurre industriel. Elle n'aurait pas non plus refusé, de temps en temps, quelques chips au vinaigre ou un hamburger. Parfois, c'était elle qui préparait le dîner, parfois Paddy. Il prenait toujours son petit-déjeuner seul, se levant entre 5 heures et 5 h 30, bien trop tôt pour elle.

Un jour, Paddy dit à Nuala :

— Peut-être qu'avec le temps tu finiras par m'aimer.

— Ouais, répondit-elle dans un frisson, pensant : « *Quand les poules auront des dents !* »

Tant de choses les séparaient. Paddy se passionnait pour la politique, Nuala savait à peine qui dirigeait le pays. Il éteignait la radio lorsqu'elle voulait écouter de la musique. Elle, à l'inverse, se désintéressait des émissions d'informations qu'il regardait à la télévision. Il ne manquait jamais le journal de 18 heures, juste après l'angélus diffusé sur RTÉ. Comme beaucoup d'Irlandais de sa génération, Paddy se recueillait devant la télévision et récitait une prière, insistant pour que Nuala se plie à ce rituel dont les jeunes de son âge se moquaient. L'adolescente faisait alors semblant de prier. Paddy était aussi très puritain et n'hésitait pas à éteindre la télévision quand un couple s'embrassait à l'écran.

Nuala s'efforçait du mieux qu'elle pouvait de chasser ce mariage de son esprit. Aucun photographe officiel n'avait immortalisé la cérémonie, mais son frère Ignatius avait pris quelques clichés qu'il lui avait donnés et qu'elle s'était empressée de déchirer – il lui était déjà bien assez pénible de voir son mari en chair et en os. Un jour, elle croisa une ancienne camarade de classe qui lui lança innocemment, tout sourire :

— Nuala, comment ça va ? Et ton mari ?

Hors d'elle, elle attrapa la pauvre jeune fille par le col :

— Ne t'avise pas de redire une seule fois – une seule fois, tu m'entends ? – le mot « mari » devant moi !

Elle appelait rarement Paddy par son prénom et n'utilisait guère l'expression « mon mari », qui dénotait un degré d'intimité trop élevé. En général, elle disait « le vieux » ou « McGorril ». Quelques semaines après leur mariage, elle jeta son alliance dans un ruisseau près de chez ses parents et la regarda avec mépris être emportée par le courant.

Dotée de réelles qualités sportives, Nuala avait toujours brillé lors des compétitions scolaires. Au moment d'emménager chez Paddy, elle avait supplié son père :

— Papa, je ne veux pas arrêter de courir. Je veux bien tout abandonner, mais pas ça ! S'il te plaît, ne m'en empêche pas !

Dans un de ses bons jours, Dan en avait parlé à Paddy :

— Laisse-la courir, c'est son passe-temps...

Ses footings l'aidèrent à garder un certain équilibre dans sa vie de femme mariée. En short et T-shirt, elle s'élançait le long de l'allée. L'effort physique lui procurait un formidable sentiment d'euphorie. Lassie trottinait à ses côtés, glapissant de joie. Les deux amis devinrent vite inséparables. Le chien guettait le moindre signe d'une promenade qui s'annonçait, toujours prêt à suivre Nuala.

La course, l'affection de Lassie et sa passion pour David Essex donnèrent à Nuala la force de supporter la vie avec Paddy. Elle contemplait ses posters avec nostalgie et soupirait, fantasmant sur le beau garçon. Avant de se coucher, elle embrassait son portrait, s'agenouillait et priait son idole. Paddy n'avait jamais entendu parler de David Essex, mais il découvrit peu à peu la pop star et la passion que lui vouait sa jeune épouse.

Un jour, il lui dit :

— Ce garçon, David Essex... Est-ce que tu es amoureuse de lui ?

— Ça, c'est sûr.

— Tu coucherais avec lui, si tu en avais l'occasion ?

— Évidemment !

7

Le prix

Quelques mois après son mariage forcé, Nuala était en chemise de nuit dans sa chambre, sur le point de se coucher, lorsque son mari ouvrit la porte et entra dans le plus simple appareil. Nuala resta sans voix, stupéfaite. C'était la première fois qu'elle voyait un homme nu. Elle eut un tel choc que son sang se glaça. Dans le miroir de l'armoire, elle le vit s'approcher. Elle n'osa pas se retourner pour le regarder en face.

— Je t'aime, murmura-t-il, en commençant à la caresser.

Elle pria pour que le sol s'ouvre et l'engloutisse. Elle aurait voulu mourir. Comme elle ne réagissait pas, Paddy se figea puis repartit sans un mot dans sa chambre, de l'autre côté du palier. Nuala ne parvint pas à fermer l'œil de la nuit, surveillant sans cesse la porte de crainte qu'elle ne s'ouvre à nouveau.

Quelques jours plus tard, avant de se coucher, Nuala était en train d'ajouter un nouveau poster de David Essex à ceux qui ornaient les murs de sa chambre lorsque la porte s'ouvrit brutalement. Paddy lui apparut une nouvelle fois entièrement nu. Mais ce soir-là, son attitude fut bien plus agressive. Abasourdie, elle sentit un vent de panique l'envahir.

— Tu es ma femme, lui dit-il d'une voix ferme. Allonge-toi sur ce lit !

— Laisse-moi tranquille, cria-t-elle, et elle se mit à pleurer.

— Allonge-toi ou j'en parlerai à ton père.

— Va-t'en, gémit-elle, laisse-moi tranquille !

La panique céda la place à l'affolement lorsque Nuala s'aperçut que Paddy n'était pas venu seul. Il avait amené du renfort. Un homme d'un certain âge attendait sur le palier, les bras chargés de plusieurs longueurs de corde, comme celles qu'on utilise pour entraver un animal. Elle l'avait déjà rencontré.

Paddy souleva Nuala et la jeta sur son lit, où l'autre homme vint l'aider à l'attacher. Ils nouèrent la corde de chaque côté, attachant la jeune fille comme un porc qu'on va égorger. Bras et jambes écartés, elle était ligotée aux chevilles et aux poignets. Sidérée, elle pouvait à peine parler. Elle aurait voulu hurler de terreur, mais les sons restaient coincés dans sa gorge. Sylvester, dans sa tanière, aurait peut-être pu l'entendre si elle était parvenue à crier assez fort.

Elle savait que Paddy avait dû forcer son acolyte à prendre part à cette sinistre cérémonie qu'il n'approuvait pas. Il semblait nerveux, ses mains tremblaient tandis qu'il l'attachait.

Paddy réclama le bénéfice de ses droits conjugaux avec la délicatesse d'un taureau déchaîné couvrant une jeune génisse. Nuala, qui venait d'avoir dix-sept ans, en resta muette. Elle n'oublierait jamais l'ordre donné par Paddy à son complice de rester dans la pièce, et la manière dont ce dernier, dans l'ombre, assista à son viol. Il se tenait près du lavabo, dont toutes les chambres de la maison étaient pourvues. Elle revoit encore l'intensité de son regard tandis qu'elle était outragée sous ses yeux. Selon elle, cet homme a éprouvé par la suite une crise de conscience pour son rôle dans cette agression sexuelle.

Elle n'oublierait jamais non plus les mots crachés par Paddy pendant ce viol : « Salope… Je t'ai achetée. Tu m'appartiens. J'ai payé pour t'avoir… » Ce fut l'une des premières preuves concrètes que Paddy avait bien donné de l'argent à son père pour l'épouser.

Entendre que l'homme qui était en train de la violer l'avait achetée à son propre père se révéla le moment le plus atroce de la vie de Nuala. Tout ce qu'elle avait subi jusqu'alors – les attouchements de son père, ses coups, ses menaces – lui paraissait insignifiant au regard de ce qu'elle découvrait : elle avait été vendue comme une esclave sexuelle par l'homme qui aurait dû mieux que tout autre la protéger, son propre père.

À un moment donné, pendant son viol, elle parvint à lâcher :

— Tu n'as pas le droit !

Nuala faisait référence à la « garantie » prénuptiale qui stipulait qu'il n'y aurait aucun contact physique entre les époux. Paddy ne se donna pas la peine d'argumenter.

— J'ai payé assez cher ! siffla-t-il.

Nuala commença à comprendre comment son père avait pu s'acheter sa Mini Morris. Comme tout négociant de bétail, Paddy savait évaluer avec précision le prix de chacune de ses bêtes. Il en allait de même avec sa femme, semblait-il. Par la suite, il se vanta à plusieurs reprises, devant Nuala, du prix qu'il avait payé pour elle. Outre la voiture, il avait donné à Dan la somme de deux mille livres sterling. Nuala ignore à quel moment la transaction a eu lieu, mais sa mère lui confia par la suite avoir vu Dan brandir triomphalement une liasse de billets que Paddy lui avait remise. Josey n'avait jamais vu autant d'argent de sa vie – à cette époque, cela représentait l'équivalent d'une année de salaire pour beaucoup de gens. Nuala imaginait sans mal le sourire glorieux de son père exhibant l'argent de la honte. Elle apprit également que, deux jours après le mariage, Dan s'était rendu dans un garage avec Paddy pour choisir la voiture que ce dernier lui avait achetée. Dan avait rempli sa partie du contrat en menant sa fille jusqu'à l'autel. En homme de parole, Paddy avait tenu promesse.

La douleur physique qu'elle éprouva pendant ce viol fut abominable. Nuala n'avait jamais autant souffert. Elle vécut un tel enfer qu'elle s'évanouit un moment, puis reprit connaissance tandis que son supplice n'était pas encore terminé. Par la suite, elle rencontra le complice honteux de Paddy et apprit qu'à un moment ils avaient craint qu'elle ne soit morte. Mais cela même ne suffit pas à refréner l'ardeur de Paddy. Quand il eut terminé, il ordonna à son acolyte de défaire les liens de l'adolescente en pleurs. À ce moment précis, elle prit la décision de se tuer.

Elle hurla qu'elle allait se jeter par la fenêtre – et elle était bien décidée à le faire. Une telle chute lui aurait sans doute été fatale. Pour l'empêcher de commettre l'irréparable, Paddy exigea qu'on l'attache à nouveau aux ressorts du sommier, mais cette fois, uniquement par les poignets. Puis les deux hommes s'en allèrent. Elle était encore attachée lorsqu'elle tomba dans un sommeil agité et plein de larmes. Le lendemain matin, au réveil, elle constata que ses liens avaient disparu, mais la porte et les fenêtres de sa chambre étaient fermées. Un peu plus tard, elle trouva la porte ouverte et réalisa que ses parents étaient en bas. D'un pas lent et mal assuré, agrippée à la rampe pour garder l'équilibre, elle descendit l'escalier en chemise de nuit pour se rendre dans la salle de bains. Elle se sentait sale, abîmée. Elle voulait mourir. Elle se revoit encore descendre les marches l'une après l'autre, dégoûtée par sa propre personne. Elle n'avait plus aucune envie de vivre.

Il fallait d'abord qu'elle aille laver son corps de l'abjection de ce viol. En y repensant aujourd'hui, Nuala mesure à quel point son existence a été affectée par cette profanation sauvage. Toute sa vie, elle a eu le plus grand mal à envisager avec sérénité une relation intime avec un homme. Paddy lui a volé ce présent si précieux.

Elle passa des heures dans la salle de bains, jusqu'à ce que son père vienne tambouriner à la porte, énervé :

— Qu'est-ce que tu fais, là-dedans?

— Je prends juste un bain, répondit-elle.

Elle l'aurait tué. En sortant, elle vit que sa mère avait posé des vêtements à son intention. Manifestement, ils voulaient qu'elle les rejoigne au plus vite. Elle s'habilla donc dans la salle de bains et alla retrouver son mari et ses parents dans la cuisine.

Paddy, détendu, se comportait comme si rien ne s'était passé. Elle trouva la scène surréaliste – Paddy discutant agriculture avec Dan, dont il venait de violer la fille. Ce jour-là, le violeur les invita tous au restaurant. Paddy et Dan parlèrent de Nuala tout au long du déjeuner comme si elle n'était pas là. Ils la tinrent à l'écart de la conversation, et elle ne chercha d'ailleurs pas à y changer quoi que ce soit. Elle n'avait rien à dire à ces hommes. Ils parlaient d'elle comme d'une bête de concours – discourant sur son appétit, ses goûts culinaires ou sa façon de s'habiller. Quand Paddy posait des questions sur elle, il s'adressait à son père. Elle se demandait pourquoi il ne lui venait jamais à l'esprit de lui demander son avis.

Nuala observait son père en silence. Il souriait, jovial, et se montrait sous son meilleur jour. « *Comme je te déteste, salopard, pour tout le mal que tu m'as fait* », pensa-t-elle. Elle n'avait jamais pu oublier les attouchements de son père. Elle n'en avait parlé à personne mais en avait conçu une haine durable pour lui. Et maintenant, elle se retrouvait par sa faute entre les mains d'un violeur. Elle savait au fond d'elle que Paddy ne se contenterait pas d'une seule fois. Ses agressions allaient se reproduire encore et encore. Tout ce qu'elle voulait, désormais, c'était trouver une issue. Ce jour-là, elle pensa au suicide. Si elle avait eu un fusil sous la main, elle se serait sans aucun doute fait sauter la cervelle.

Lorsque Nuala se retrouva seule avec sa mère aux toilettes, elle lui révéla ce qui s'était passé la veille. Sa mère poussa un gémissement et s'effondra. Elle prit Nuala dans ses bras et toutes deux restèrent prostrées, l'une contre l'autre, un long moment.

Un peu plus tard, sur le parking du restaurant, Nuala vit sa mère en grande discussion avec son père. Elle ne comprenait pas vraiment ce qu'ils se disaient, mais le ton de leur voix montait crescendo. Comme elle pouvait s'y attendre, son père ne semblait exprimer aucune gêne ni le moindre remords.

Sur le chemin du retour, dans la voiture, la tension était palpable. Josey, les yeux rouges, avait un air compassé et Dan semblait en vouloir à sa fille de s'être lamentée sur son sort. Si Paddy perçut un malaise, il n'en laissa rien paraître, continuant de converser aimablement avec Dan sur le temps et la récolte des fourrages.

De retour à la ferme, Dan lança un regard de travers à Nuala et l'attira dans un coin, près du garage, tandis que les autres entraient dans la maison.

— Viens par ici, toi…, siffla-t-il.

Quand elle fut assez près de lui pour sentir les vapeurs de whisky, il lui assena une terrible gifle dans laquelle il mit toutes ses forces. La douleur cinglante, l'humiliation d'un tel geste… Nuala avait vécu cela maintes fois, mais elle ne parviendrait jamais à s'y habituer. Elle aurait voulu ne pas pleurer mais elle ne put retenir ses larmes. Elle ressentait ce bourdonnement familier, ce frisson qui lui parcourait toujours le crâne après les coups.

— S'il y a bien une chose que je ne supporte pas, c'est l'ingratitude ! lança Dan. Tu nous contraries encore, maman et moi, après tout ce qu'on a fait pour toi ! Pourtant, tu sais très bien ce qui t'attend, non ? Une bonne gifle, tu m'entends ?

— Oui, papa.

— Alors je ne veux plus entendre tes jérémiades ! Tu es mariée, maintenant, alors tu fais ce qu'il te dit de faire. C'est ton mari et il a le droit de faire ce qu'il veut, c'est compris ?

— Oui, papa.

Le message était clair : Paddy peut te violer si ça le chante, et tu ferais bien d'apprendre à aimer ça.

— Alors arrête de te plaindre. Et arrête de me causer du souci.

Nuala reprit le chemin de la maison avec son père, s'efforçant de réprimer ses larmes. Devant le seuil de la porte, Dan marqua une pause et observa sa fille avec une sorte d'amertume dans le regard.

— Est-ce que tu te rends compte de tout ce que j'ai fait pour toi? Je t'ai trouvé quelqu'un pour qui toutes les filles seraient prêtes à se damner! Regarde la grande maison où tu vis… Regarde toutes ces terres… Des types comme ça, on n'en croise pas tous les jours, tu peux me croire. Est-ce que tout ça n'est pas bien mieux que d'être mariée à une espèce de minable assisté? Et c'est comme ça que tu me remercies? Je me démène, et tout ça pour quoi? Pour t'entendre te plaindre? Tu vois, ce serait vraiment pas de refus si j'entendais de temps en temps: «Bien joué, papa, et merci pour tout!»

— Oui, papa.

Peu de temps après le viol, afin de sortir de l'impasse dans laquelle elle se trouvait, Nuala avala une petite surdose d'aspirine. Elle savait qu'elle n'en mourrait pas, mais elle pensait qu'on l'hospitaliserait quelques jours et qu'elle pourrait parler de son calvaire à quelqu'un. Elle espérait ainsi s'éloigner de cette maison, où elle vivait sous la pression d'une menace permanente.

— Je viens d'avaler des tonnes de cachets, dit-elle à son mari.

Paddy la conduisit à l'hôpital. Il ne dit pas grand-chose pendant le trajet. Dan, au contraire, qui les accompagna, sermonna sa fille. Les médecins lui firent un lavage d'estomac et elle fut transférée dans un autre hôpital pour des tests psychiatriques. Elle expliqua aux infirmières qu'elle n'avait pas pris tant de cachets que ça, mais qu'il fallait à tout prix qu'elle s'enfuie de chez elle. Un psychiatre l'interrogea et enregistra toutes ses réponses, ce dont elle ne se rendit pas compte sur le moment.

Un peu plus tard, le psychiatre lui demanda de revenir dans son bureau, où elle eut la surprise de constater la présence de son père et de son mari. L'enregistreur était posé sur la table. Le psychiatre s'adressa aux deux hommes :

— Est-ce là la véritable raison de la présence de cette jeune femme ?

Puis il enclencha la cassette. Nuala, stupéfaite, eut envie de disparaître. Elle ne s'attendait pas du tout à cela. Ils durent tous rester assis à écouter ce qu'elle révélait de son mariage forcé, du viol conjugal et des coups endurés. Avec le recul, Nuala n'en veut pas au psychiatre d'avoir agi ainsi. Après tout, elle lui avait demandé de l'aide et avait formulé de graves accusations, et il devait sans doute s'assurer qu'elle ne mentait pas. À la fin de l'enregistrement, il regarda les deux hommes :

— Alors, est-ce que tout cela est vrai ? C'est bien ce qui s'est passé ?

Dan, beau parleur, prit à son compte l'essentiel des explications. Il se montra charmant et très poli envers le médecin, ne perdant jamais son sang-froid pour le convaincre que Nuala n'avait exprimé qu'un tissu de mensonges. Les deux hommes ne laissèrent percer aucune colère devant le psychiatre. Ils n'étaient pas des imbéciles. Comme toujours, dans ce genre de situation, Dan fit passer Nuala pour quelqu'un de fragile, qui avait un problème psychologique et à qui l'on ne pouvait malheureusement pas se fier. Il sut se montrer convaincant. Nuala sentit que le psychiatre commençait à douter d'elle.

De temps en temps, Dan prenait Paddy à témoin : « Ce sont des mensonges, n'est-ce pas ? » Ils assurèrent qu'on ne l'avait jamais forcée à se marier, ni violée ni battue. « Ce n'est jamais arrivé », répétait Dan. Il avait ce vieux truc d'escroc de ne jamais rien admettre, de nier tout en bloc. Nuala, qui était sous le choc, ne se rappelle pas exactement tout ce que les deux hommes avancèrent, mais ils garantirent qu'elle était très bien traitée et qu'ils faisaient de leur mieux pour la rendre heureuse, qu'elle avait tout ce qu'elle voulait, une vie de princesse et un mari qu'elle avait choisi par amour. Paddy laissait Dan s'exprimer. Il savait que Nuala avait peur de lui. Face à son père, à son mari et aux doutes du psychiatre, Nuala perdit pied. Elle se décomposa, incapable d'intervenir.

Pour terminer sa défense magistrale, Dan assena triomphalement le coup de grâce. Il déclara que Nuala avait été admise à l'hôpital – il marqua une pause pour ménager son effet – dans un luxueux manteau de fourrure que Paddy lui avait acheté. Voilà qui donnait la mesure de la générosité de cet homme envers son épouse. Combien de jeunes femmes du comté pouvaient se targuer de porter une fourrure offerte par leur mari ? Est-ce que quelqu'un pouvait le lui dire ? Il était désormais tout à fait à l'aise et la situation le mettait en verve, comme un avocat au moment de plaider l'acquittement devant les jurés.

— Et je m'en tiens à la stricte réalité des faits ! déclara-t-il.

Mis au défi par Dan, le psychiatre demanda à une infirmière d'aller chercher le manteau de fourrure de Nuala dans sa chambre. Quand elle revint, on aurait dit qu'elle apportait une pièce décisive devant un juge. À ce stade, Nuala était si abattue qu'elle ne put livrer au psychiatre la véritable histoire de ce manteau. Josey l'avait en fait reçu d'une amie qui n'en voulait pas, avant de l'offrir elle-même à sa fille. Paddy n'avait absolument rien à voir dans l'affaire, mais Nuala, résignée et en larmes, jugea inutile de tenter de tenir tête à son père.

Quelques jours plus tard, on lui annonça qu'elle pouvait rentrer chez elle. Son père et son mari l'attendaient à l'accueil. La peur et le désespoir l'envahirent, car elle savait que les coups et les viols allaient recommencer.

— Vous ne vous rendez pas compte de ce qui m'attend ! s'emporta-t-elle auprès du personnel. Ils vont me renvoyer à l'hôpital… Ils vont me tuer !

Elle se mit à courir dans les couloirs, entre les infirmières et les patients qui se tenaient là.

— Si vous me forcez à rentrer, je saute par la fenêtre! cria-t-elle. Je ne partirai pas avec eux. Je préfère encore mourir!

Les infirmières l'attrapèrent et l'immobilisèrent. Nuala connaissait certaines d'entre elles, qui compatissaient à sa détresse mais ne pouvaient rien faire pour empêcher qu'elle ne retourne chez elle. On la conduisit jusqu'à l'accueil où, à travers ses larmes, elle hurla à l'attention de son père et de son mari:

— Allez-vous-en, je ne veux pas partir avec vous!

Les infirmières lui parlèrent d'une voix douce pour la calmer, tentant de la convaincre qu'il valait mieux qu'elle accepte gentiment de partir avec ceux qui étaient venus la chercher. Elle finit par s'apaiser et par les suivre jusqu'à la voiture qui allait la ramener chez Paddy. Pendant un moment, les deux hommes discutèrent entre eux sans lui adresser la parole. Puis, une fois l'hôpital à bonne distance, la sanction tomba. Dan se retourna et lui balança un violent coup de poing au visage. La bague qu'il portait lui fendit la lèvre.

Peu de temps après, Nuala dut subir une intervention gynécologique dans une clinique privée. À son retour, son père et Paddy lui annoncèrent qu'elle devrait désormais dormir avec son mari. Cette idée lui donna des frissons, mais avait-elle le choix? Si elle refusait, elle s'exposait à la fureur de son père. Paddy couchait désormais avec elle : de son point de vue, il s'agissait toujours de viol. Son père lui lavait le cerveau : « Tiens-toi tranquille, il ne fera pas de vieux os et tu hériteras de la maison et de la ferme. » Il la menaçait aussi de la battre à mort si elle n'obéissait pas. « Tu as une belle maison et tout ce qu'il te faut, alors fais-moi le plaisir de ne pas le contrarier ! C'est lui qui décide ! » Il lui répétait sans cesse ce genre de propos. Nuala lâcha prise. Paddy était décidé à parvenir à ses fins d'une manière ou d'une autre, alors autant se montrer docile. C'était la solution la plus simple face à une telle pression.

Les premiers mois, à chaque fois que Paddy se montrait entreprenant, elle le suppliait de la laisser tranquille : « S'il te plaît, je n'ai pas envie. Je te déteste ! » Il ne l'écoutait pas. Elle pleurnichait parfois comme une enfant : « Je veux rentrer à la maison voir maman… » Mais ses plaintes tombaient dans l'oreille d'un sourd. Paddy couchait avec elle environ deux fois par semaine. Elle redoutait ces moments, mais elle cédait pour ne pas être battue ou attachée comme un vulgaire animal. La loi avait beau ne pas reconnaître le viol conjugal à l'époque, Nuala estime que chacun de ces rapports sexuels était bel et bien un viol d'un point de vue moral, parce qu'ils ont eu lieu sans son consentement et sous la contrainte.

Au bout de quelque temps, la situation lui devint insupportable. Elle avait repéré un flacon de médicament destiné au bétail portant la mention : « Mortel pour l'homme. » Elle espérait pouvoir soulager ses souffrances – pour toujours. Un après-midi, dans le salon, elle ouvrit le flacon et en avala le contenu. Elle pensait que Sylvester travaillait aux champs, mais il se trouvait dans la cuisine attenante et l'aperçut à travers une porte vitrée. Devinant ce qui se passait, il alerta Paddy sans attendre et lui montra ce qu'elle avait bu. Paddy appela ses parents qui accoururent immédiatement. Encore consciente, Nuala perçut de l'agitation autour d'elle. Quelqu'un prépara une mixture au goût infect que son père la força à avaler pour la faire vomir. Elle resta malade pendant des semaines. Quoi que ce fût, ce qu'elle avait bu lui avait décapé la gorge et l'estomac : elle avait le plus grand mal à boire et à manger, souffrant terriblement.

Après le premier viol, Nuala comprit que la comédie d'un mariage « sans sexe » n'avait été qu'une imposture. Elle se demanda si son père et Paddy y avaient seulement cru un seul instant. Cela n'avait peut-être jamais été qu'un leurre pour la mettre en confiance et la mener à accepter cette union qui n'en finissait pas de la détruire. Même s'il existait un document légal garantissant l'absence de « contacts physiques », quel moyen avait-elle de le faire respecter si Paddy en décidait autrement? Il ne lui servirait à rien de se plaindre auprès de son père ou de son mari. Nuala s'enfonçait toujours un peu plus dans le désespoir. Les choses pouvaient-elles encore être pires ? Un jour, elle supplia son père : « Papa, je veux rentrer à la maison.

Tu n'auras pas de problèmes avec moi. Tout se passera bien. S'il te plaît, papa. S'il te plaît… »

Au fil du temps, elle en vint à comprendre la stratégie de son père. Dan voulait qu'elle couche avec Paddy le plus souvent possible, dans l'espoir que le cœur du vieil homme finisse par lâcher entre les bras d'une jeune fille fougueuse et séduisante de plus de quarante-cinq ans sa cadette. Alors, ils pourraient toucher le gros lot – la grande maison et la belle ferme. Car Nuala réalisa également que, dans l'esprit de son père, cette richesse profiterait à toute la famille. Les autres l'ignoraient, bien sûr : ce plan était l'œuvre de Dan et de lui seul. Pour Nuala, son père était conscient que ses problèmes pulmonaires ne lui promettaient pas une longue vie : c'était donc en partie pour sécuriser l'avenir de sa famille qu'il avait voulu marier sa fille à Paddy, mettant ainsi la main sur un patrimoine de grande valeur. Malheureusement pour Nuala, elle servit de victime sacrificielle, d'instrument pour parvenir à ses fins. Le « bénéfice » immédiat de Dan, la Morris Mini et les deux mille cinq cents livres sterling, n'était qu'un avant-goût du pactole attendu, pour peu qu'il vive assez longtemps. Malgré toute la sympathie que Dan affichait pour Paddy, il ne souhaitait qu'une chose, sa mort, et le plus vite possible. Dan pourrait alors aller emménager chez lui. Il avait souvent dit qu'il rêvait de vivre dans une grande maison. Larry, l'ancien petit ami de Nuala, habitait une ancienne demeure familiale dont il hériterait un jour, et cet argument avait largement contribué à l'adouber aux yeux de Dan. Mais Paddy avait davantage à offrir. C'était la poule aux œufs d'or. Mais il faudrait le tuer, et le sexe ferait une ingénieuse arme du crime.

8

Les coups

Nuala et sa mère descendirent du bus et s'engagèrent dans l'allée qui menait chez Paddy. C'était quelque temps après le premier viol. Le silence qui accompagna leur arrivée mit Nuala mal à l'aise. D'habitude, Lassie ne manquait jamais d'accourir vers elle. Le bobtail la repérait de loin et se précipitait dans l'allée en aboyant. Mais ce jour-là, aucun signe du chien.

Nuala aperçut Sylvester devant la maison, en larmes.

— Oh! Nuala, ma pauvre…

Nuala commença à paniquer.

— Qu'est-ce qui se passe, Sylvester? Où est Lassie?

Incapable de parler, l'ouvrier la conduisit jusqu'à l'étable. Le corps sans vie de Lassie gisait là, suspendu à une corde attachée au plafond. Ses yeux qui avaient si souvent brillé d'affection pour Nuala étaient désormais éteints, figés dans un regard de terreur.

— Il vient de tuer Lassie…, dit Sylvester d'une voix rauque.

Paddy avait infligé à Lassie une mort lente et douloureuse. Il n'expliqua jamais son geste. Nuala fondit en larmes et s'effondra de tristesse, serrant la dépouille de son cher bobtail entre ses bras. Sa seule offense, elle le savait, avait été d'adorer sa maîtresse. Pour Nuala, le message de Paddy était clair. Il l'avait vue donner tellement d'affection à ce chien qu'il en réclamait maintenant sa part. En décidant de pendre le malheureux animal, il lui disait : « Maintenant que tu n'as plus personne à aimer, il faudra bien que tu m'aimes, moi. »

Tandis qu'elle pleurait tout son saoul sur le pauvre chien, Paddy, non loin de là, regardait la scène en riant. Elle l'avait aperçu dans la cour, le sourire aux lèvres, lorsque Sylvester l'avait emmenée à l'étable où pendait le cadavre de Lassie. Nuala poussa un cri, qui fit rire Paddy de plus belle. Josey, quant à elle, était sans voix.

— J'aurais voulu être ce chien, lâcha Nuala.

Elle resta blottie contre le corps de Lassie. Sylvester dut l'en écarter pour pouvoir détacher le chien et l'enterrer. Cet incident raviva en Nuala la haine qu'elle éprouvait à l'égard de Paddy. Si elle avait eu un fusil entre les mains, elle aurait été capable de le tuer.

Comme le fils de Paddy l'avait prédit, il ne fallut pas longtemps pour que le fermier devienne violent envers sa femme. Un jour, il la roua de coups car elle était allée en ville sans son autorisation. Elle s'ennuyait et se sentait prisonnière. Elle voulait seulement sortir de cette maison et voir briller quelques lumières – une envie bien naturelle chez une adolescente. Après avoir économisé assez d'argent, elle avait acheté un ticket de bus et était partie passer la journée dans la grande ville la plus proche. Obsédée par ses idées de suicide, elle avait décidé de « s'éclater » une dernière fois avant d'en finir. Elle avait écumé les pubs et s'était tellement saoulée qu'elle ne sait toujours pas, à ce jour, comment elle est rentrée.

Elle se rappelle seulement avoir frappé à la porte en pleine nuit. Paddy lui avait ouvert, la mine furieuse.

— On ne se conduit pas comme ça avec moi ! lui avait-il lancé avant de lui décocher une gifle.

C'était un homme bien bâti qui pouvait avoir la main lourde. Nuala n'avait senti que le premier coup, suivi d'un éclair, puis plus rien. Elle s'était réveillée au petit matin allongée sur le sol de l'entrée, tachée de sang et le corps couvert de bleus, les lèvres tuméfiées et le nez blessé. « Oh mon Dieu… », avait-elle gémi. Trébuchant jusqu'à la porte, elle était parvenue à marcher jusqu'à l'habitation la plus proche, qui se trouvait être le presbytère où vivait le père McMichael, le prêtre de la paroisse de Paddy. La bonne lui avait administré les premiers soins et nettoyé ses blessures, puis l'avait raccompagnée chez elle. Cela avait été le premier passage à tabac d'une longue série.

Pour oublier ses souffrances, Nuala se mit à boire. Elle connaissait depuis longtemps les effets de l'alcool, pour avoir souvent vu son père rentrer ivre mort. Elle se dit que l'alcool pourrait anesthésier son mal de vivre. Peut-être qu'après quelques verres, si son mari la frappait ou la violait, elle ne sentirait rien. Paddy gardait une bouteille de whisky sous clé dans un placard du salon. Il en offrait un verre aux négociants qui venaient parfois lui rendre visite. Elle n'eut pas de mal à découvrir où il cachait la clé et se mit à puiser de temps à autre dans la réserve.

Pour dissimuler son forfait, elle remplissait la bouteille de thé noir. Comme Paddy buvait du cognac, les risques lui paraissaient minimes. Au bout d'un moment, la bouteille ne contint quasiment plus que du thé. Et à son grand dam, ce qui devait arriver arriva. Paddy offrit un verre de whisky à l'un de ses visiteurs en présence de Nuala, qui se retrouva dans une situation délicate. Alors que l'homme s'apprêtait à boire, elle parvint à capter son attention et à lui lancer avec insistance son regard le plus implorant. S'il disait quelque chose, elle aurait droit à une bonne correction ! L'homme comprit, et Nuala remercia le ciel en silence.

— Excellent whisky, Paddy, commenta-t-il.

Par la suite, à chaque fois qu'elle croisait cet homme dans un pub, il lui souriait et lui lançait :

— Excellent thé, Nuala !

Parmi les délits passibles d'une pluie de coups figurait l'abus d'alcool – et Nuala adorait désormais se saouler pour échapper à la réalité. Parfois, la réserve de whisky venait à manquer et Paddy ne se pressait pas pour la renouveler. Comme Nuala n'avait pas souvent l'occasion d'aller au pub, elle essayait de convaincre son mari de l'emmener boire un verre. Elle lui faisait un numéro de charme pour arriver à ses fins, lui souriant et passant un bras autour de la taille – la manœuvre était perverse, mais c'était une question de survie. En général, il ne refusait pas de sortir avec elle, d'autant que cela lui donnait l'occasion de parader avec sa jeune épouse.

Ils sortaient dans l'un des nombreux pubs que Paddy appréciait, et il offrait un demi à Nuala. Ce n'était pour elle qu'un hors-d'œuvre, il lui en fallait davantage. Comme la plupart des pubs ont plusieurs comptoirs ou des salons, elle prétextait de fréquents besoins d'aller aux toilettes pour descendre quelques gorgées en douce. L'objectif était de se saouler sans que Paddy s'en rende compte. Parfois, intrigués par cette jeune fille séduisante, certains hommes lui offraient un verre. Il arrivait qu'elle accumule tant de réserves que Paddy s'en apercevait, ce qui le mettait dans une rage folle.

Un soir, aux toilettes, alors qu'elle avait vraiment trop bu, une fille de son âge s'approcha d'elle.

— Je suis bourrée. Je suis bonne pour que le vieux me file une raclée, ce soir…

— Tu devrais tirer là-dessus, lui répondit la fille. Il sentira rien et toi, tu seras super bien.

C'est ainsi que Nuala découvrit le cannabis, qui commençait à peine à s'introduire dans l'Irlande rurale du milieu des années

1970. Cette drogue était plus répandue dans les grandes villes, où elle circulait depuis la fin des années 1960.

Peu à peu, la jeune fille présenta quelques revendeurs à Nuala – des jeunes types d'à peine vingt ans, au chômage ou vivant de petits boulots, et qui venaient tous « des mauvais quartiers ». Ils ne dealaient pas seulement pour l'argent : cela leur procurait de l'adrénaline et pimentait leur vie morne et ennuyeuse. Dans les campagnes irlandaises, la plupart des gens ne connaissaient pas grand-chose à la drogue. Les dealers étaient de petites frappes locales, de la « mauvaise graine », comme on les appelait, qui faisaient toujours bande à part dans les pubs.

Nuala devint vite une cliente régulière et fraya avec les dealers, découvrant un milieu underground qui était celui de sa génération. Elle arrivait à trouver de l'argent pour acheter du cannabis – parfois, les dealers lui en offraient. Un joint revenait à environ deux livres sterling, ce qui représentait beaucoup d'argent à cette époque. Mais en faisant bien attention, Nuala tenait deux jours. Elle roulait de gros joints qu'elle fumait aux toilettes, dans les champs ou dans la grange. Au début, deux bouffées suffisaient à la faire décoller. Paddy n'y comprenait rien : il lui criait dessus et elle gloussait. Il se doutait bien qu'il y avait quelque chose d'anormal mais ne découvrit jamais le pot aux roses. Les gens de sa génération ignoraient tout de la drogue.

Le cannabis aidait Nuala à oublier. Une fois, après avoir fumé, elle entra dans la maison et se jeta au cou de Paddy en lui disant qu'elle l'aimait. Stupéfait, il n'en crut pas ses oreilles. Avec le recul, elle se dit qu'elle avait vraiment dû forcer la dose ce jour-là !

Nuala rencontrait les dealers à différents endroits : dans les pubs, près des magasins de Dunkellin ou derrière l'église. Elle fumait aussi des cigarettes. Au bout d'un moment, Paddy, qui était lui-même fumeur, ferma les yeux même s'il ne lui en offrait que rarement. Quand elle manquait de cigarettes, elle devait s'en passer, à moins que Sylvester ne la dépanne. Nuala avait remarqué que Paddy achetait des paquets de dix, jamais de vingt, ce qu'elle trouvait particulièrement mesquin.

L'argent de poche que lui donnait son mari ne suffisant plus à assouvir son goût croissant pour l'alcool et le cannabis, Nuala se mit à vendre certaines de ses affaires. Elle avait un blouson et une minijupe en cuir blanc dont elle était très fière – c'était le top de la mode, aucune autre fille à la ronde n'avait un tel ensemble ! Elle finit par le vendre à une fille dans un pub.

Parfois, sous l'influence de l'alcool, elle tenait tête à Paddy, mais elle ne faisait pas le poids physiquement et cela se terminait souvent par des coups. « Je te tuerai, connard ! », lui lançait-elle, avant de lui cracher la haine qu'il lui inspirait depuis le premier jour. Paddy n'avait que faire de ses sentiments, tant qu'il obtenait ce qu'il attendait sur le plan sexuel. Nuala avait beau le repousser, il n'en avait cure et parvenait toujours à ses fins, de gré ou de force. Parfois, il la frappait même avant et pendant leurs rapports. Nuala avait l'impression d'avoir affaire à un sadique qui jouissait d'autant plus qu'il la traumatisait. Elle le voyait dans ses yeux.

À force de fréquenter le monde glauque de la drogue, Nuala découvrit qu'elle pouvait se procurer autre chose sur le marché noir : des somnifères. Elle se demande encore comment elle aurait survécu sans ces cachets, qui furent sans aucun doute son meilleur investissement de l'époque. Elle ne les achetait pas pour elle mais pour son mari. Malgré son âge, Paddy était un homme solide et viril. Pour déjouer son appétit sexuel et se procurer un peu de répit, elle eut l'idée de mélanger en secret de la poudre de somnifère à sa nourriture. La préparation était laborieuse, mais le jeu en valait la chandelle : Paddy s'endormait comme un bébé après les repas. Il arrivait même à Nuala de s'éclipser le soir pour aller au pub ou dans un dancing à Dunkellin. Son but n'était pas de rencontrer d'autres hommes – elle avait déjà sa dose – mais simplement de sortir de cette maison, de se sentir enfin un peu libre et, surtout, de boire.

Elle servait à Paddy un bol de soupe chargée de somnifère puis allait se préparer. Le temps qu'elle redescende, il avait piqué du nez. Pour s'assurer qu'il dormait à poings fermés, elle courait bruyamment dans l'escalier : s'il ne se réveillait pas, la potion avait bien fonctionné, Dieu merci. Nuala sortait parfois vêtue d'une jupe qu'elle portait par-dessus son jean, cachée par son sweat-shirt. Une fois dehors, elle enlevait son pantalon et le dissimulait sous un échalier près des lourdes portes en fer de la clôture au bout de l'allée. Au retour, elle se rhabillait. De cette manière, ses sorties demeuraient discrètes – sauf quand elle rentrait tellement ivre qu'elle oubliait de récupérer son jean. La plupart du temps, cela n'avait aucune importance car elle trouvait Paddy endormi sur sa chaise. Elle s'efforçait alors de le réveiller, puis demandait l'aide de Sylvester pour le traîner jusqu'à la chambre, où il se déshabillait dans un demi-sommeil avant de se coucher.

Sylvester tirait lui aussi profit des somnifères, même si Nuala ne le mit jamais dans la confidence, de peur que son secret ne s'évente. Paddy n'autorisait pas son ouvrier à accéder librement à toutes les pièces de la maison. Il devait se laver à l'évier de la cuisine et se contenter des toilettes extérieures. Mais quand le patron sombrait dans un sommeil de plomb, Nuala laissait Sylvester profiter de la maison et utiliser la salle de bains. Elle lui servait aussi un repas chaud dès qu'elle en avait l'occasion. Certains soirs, quand elle n'avait pas d'argent pour aller au pub et que Paddy ronflait dans son lit, Sylvester s'installait devant un bon feu de cheminée et ils passaient la soirée tous les deux à regarder la télévision, discuter et rire.

Paddy allait parfois jouer aux cartes ou se rendait à des réunions syndicales. Nuala en profitait là aussi pour fuir l'ennui du quotidien dans cette grande maison triste. Dans les pubs, elle restait en général seule à sa table, même si quelques hommes lui proposaient de lui offrir un verre. Elle ne voulait pas prendre de risques. Dans cette petite communauté, tout le monde se connaissait et Paddy ne tarderait pas à apprendre que sa femme était sortie, ce qui lui vaudrait une bonne correction. Ce n'était pas des hommes qu'elle se méfiait, mais de certaines femmes qui la détestaient et ne se priveraient pas de lui casser du sucre sur le dos. Elle attribuait leur mépris au fait que les hommes parlaient d'elle comme d'un «joli brin de fille». À l'épicerie, ils lui achetaient des sucreries; au pub, ils lui offraient un verre. Certaines femmes étaient jalouses de l'attention qu'ils lui accordaient. Elle avait l'impression qu'elles rêvaient de l'étrangler. Quand elle se savait observée dans la rue, elle prenait un malin plaisir à en rajouter en roulant des fesses, rien que pour les agacer.

Souvent, quand il la frappait, Paddy la cuisinait: «Tu es allée voir un autre homme, hein? C'est ça?» Elle en vint à craindre que Sylvester, dans son innocence, ne sache pas tenir sa langue. Il lui arrivait de dire des choses comme: «J'ai rencontré untel au village et il m'a dit qu'il aimait bien Nuala» ou «J'ai vu un type qui regardait Nuala.» Et bien sûr, dans ces cas-là, Paddy s'en prenait à elle. Elle insista auprès de Sylvester pour qu'il se taise, s'il ne voulait pas lui causer de problèmes. Parfois, pour bien faire passer le message, elle lui donnait un peu d'argent – une fortune, à ses yeux à lui. «Tiens, voilà quelques pièces, Sylvester… Et maintenant, chut!»

9

La police

Nuala acheta un paquet de cigarettes et en alluma une pour tenter de se calmer. Elle ne connaissait personne dans cette grande ville. Debout sur le trottoir, devant le tabac, elle observait le manège incessant des voitures, jetant un œil de temps à autre aux quelques marches qui menaient à l'entrée du commissariat. Elle se demandait si sa décision d'aller voir la police était la bonne. Par le passé, elle n'avait jamais vraiment eu affaire aux «forces de l'ordre». Elle se méfiait des policiers et appréhendait ce qui l'attendait. Elle aspira une dernière dose de nicotine, jeta son mégot d'une chiquenaude et monta lentement les marches.

Quelque temps après que son mari eut commencé à la violer et à la battre, Nuala avait pris une décision qui, pour elle, était énorme: elle allait porter plainte. Elle expliquerait aux policiers les circonstances précises des viols et leur demanderait d'agir. Elle signalerait aussi les violences physiques que son père et son mari lui faisaient subir. Attendait-elle que ses bourreaux écopent d'un rappel à l'ordre, qu'ils comparaissent devant un juge, qu'on leur inflige une amende, ou encore qu'ils aillent en prison ? Elle ne le savait pas exactement elle-même. Elle voulait simplement qu'une action soit enclenchée qui mettrait un terme à leurs agissements.

Elle ne connaissait pas grand-chose aux lois de son pays – le mot même de « viol » ne lui était pas familier –, mais elle avait l'intime conviction que ce que son mari lui imposait était anormal. Les autorités devraient sûrement lui venir en aide ? Il existait bien des lois, en Irlande, censées la protéger ? Son père et son mari avaient pris pour elle des décisions fondamentales sans lui demander son avis. Mais ils n'étaient tout de même pas au-dessus des lois, même s'ils se comportaient comme tels ? Près de chez elle, la police avait arrêté quelques jeunes pour une série de petits délits. Nuala se disait que cela devait fonctionner dans les deux sens : la loi ne servait sûrement pas qu'à punir les jeunes, elle devait aussi les protéger.

Porter plainte contre son père et son mari représentait une redoutable décision pour une adolescente, d'autant que Nuala dut la prendre seule. Là où elle vivait, elle ne pouvait compter sur les conseils d'aucun ami et n'avait personne à qui se confier. C'était une étrangère dans sa communauté, une sorte de paria que certaines femmes méprisaient au plus haut point. Elle avait par ailleurs perdu de vue la plupart de ses anciennes amies, qui habitaient à une dizaine de kilomètres. Les liens entre Carmel et elle demeuraient très forts, mais elles se voyaient très peu. Certaines de ses amies, toujours au lycée, avaient tendance à l'éviter car elles ne savaient pas quoi lui dire, maintenant que Nuala était mariée. Et puis, une dizaine de kilomètres, ce n'est pas une petite distance quand vous ne possédez ni voiture ni vélo – les bus ne passaient pas très souvent. Le téléphone ne permettait pas non plus de garder le contact facilement : dans ces années-là, peu de maisons en possédaient. Pour joindre ses propres parents, Nuala devait appeler un voisin. Par ailleurs, elle pouvait difficilement passer un appel sans que Paddy le sache, puisqu'il mettait le téléphone sous clé dès qu'il sortait. Au bout du compte, quand elle se résolut à aller voir la police, elle n'avait personne pour la conseiller ni la soutenir. À cette époque, il n'existait aucune structure pour les victimes de viol et Nuala n'avait jamais entendu parler de refuges pour les femmes battues.

Un jour, elle décida que le moment de vérité était venu. Prétextant une visite à sa mère, elle alla prendre son bus habituel mais continua après Knockslattery jusqu'à la grande ville la plus proche.

Elle se rendit au commissariat, le ventre noué. Elle avait à peine dix-sept ans. Elle était terrifiée par les viols qu'elle avait subis et angoissée par ce qui pouvait encore lui arriver. En entrant dans le bâtiment, elle espérait pouvoir se confier à une femme mais ne vit que des hommes, l'un derrière un comptoir, deux autres s'affairant un peu plus loin.

Elle sentit qu'ils la jaugeaient. Ils avaient cette forme de réserve caractéristique des policiers et très masculine, qui doit être la même dans tous les commissariats du monde. Ils ne voulaient pas baisser la garde. Ils rencontraient toutes sortes de gens et avaient affaire à la lie de la société. Ils devaient garder leurs distances, ne pas s'investir émotionnellement. L'officier qui se tenait à l'accueil lui fit un signe de tête poli et l'interrogea du regard.

— Je veux porter plainte, dit-elle.

Elle déclina son nom et son adresse, puis marqua une pause, cherchant les bons mots.

— J'ai été forcée, contre ma volonté, à avoir des rapports sexuels.

Le policier ouvrit de grands yeux. Toute son attention était désormais concentrée sur elle. Nuala se rendit compte que ses deux collègues réagissaient de la même façon.

— Vous voulez dire qu'on vous a violée?

Le terme ne lui était pas très familier, mais elle se rappelait l'avoir déjà entendu. Cela lui paraissait être le mot juste.

— Oui, répondit-elle.

— Qui vous a fait cela?

— Paddy McGorril.

— Mais il a le même nom que vous… C'est quelqu'un de votre famille?

— C'est mon mari.

Le jeune policier secoua la tête et posa son stylo.

— Si c'est votre mari, Nuala, on ne peut pas parler de viol, du moins pas selon la loi.

— Vous voulez dire qu'il a le droit de me faire ça à chaque fois qu'il en a envie? Non, ce n'est pas possible… J'ai peur de ce qu'il pourrait encore me faire. Et j'ai peur de ce que je pourrais lui faire.

— Nous ne pouvons intervenir que dans le cadre de la loi, Nuala. Et la loi irlandaise ne reconnaît pas le viol au sein d'un couple marié.

— C'est un vieillard, on m'a forcée à l'épouser! Et ils avaient dit que je ne coucherais pas avec lui. Mais maintenant, c'est ce qui se passe. Il faut que vous m'aidiez.

— Nuala, avec la meilleure volonté du monde, qu'est-ce qu'on peut faire? On ne peut pas accuser votre mari de viol.

C'était exactement ce qu'elle redoutait. Quelle stupidité de croire que la loi pouvait la protéger! La loi était faite par des citoyens importants pour des citoyens importants. Qu'est-ce que les politiciens connaissaient aux problèmes de petites gens comme elle?

— Il me bat, mon père aussi me battait, c'est lui qui m'a forcée à l'épouser. Tous les deux, ils m'ont couverte de bleus! Vous pouvez bien faire quelque chose contre ça?

Sa voix trahissait une pointe d'amertume et de découragement.

— Je ne vois aucune marque…

— Elles ont disparu.

— Vous auriez dû venir nous voir tout de suite, quand les bleus étaient encore visibles.

Sinon, sans témoin, ce sera votre parole contre la leur.

Elle tourna les talons et partit comme une furie, dévalant les marches les yeux mêlés de larmes. Elle ne s'était jamais sentie aussi seule et vulnérable. La police représentait son ultime recours. Son rôle était de protéger les gens, mais elle ne pouvait pas empêcher qu'on la viole ! C'en était trop : qu'on ne lui parle plus de police et de justice ! Certes, la loi n'était pas l'œuvre des policiers, mais son émotion était telle qu'elle mettait tout le monde dans le même sac – la police, les politiciens et tous les autres. Elle en voulait pêle-mêle à toutes les institutions de l'État. Nuala se révolta violemment contre la société irlandaise. Quand elle entendait parler d'un cambriolage, elle priait pour que les voleurs ne soient jamais retrouvés, et si un policier ou un représentant de l'État se faisait tuer en Irlande du Nord, elle estimait que ces salauds l'avaient bien mérité. Elle se sentait proche de tous les rebelles de la société.

Du fond de son désespoir, une seule chose la consolait : ni son mari ni son père ne sauraient jamais qu'elle était allée voir la police. Les conséquences pour elle auraient été dramatiques, dans la mesure où ils ne risquaient pas d'être inquiétés.

Si l'État ne pouvait rien pour elle, l'Église lui viendrait peut-être en aide. Mais elle ne fut pas plus soulagée après avoir rencontré un prêtre, aujourd'hui décédé, qui vivait dans une autre partie du comté. Cela se passa lors d'une de ses rares échappées.

Ce jour-là, elle était ivre. Elle aperçut un presbytère – n'était-ce pas un endroit où l'on venait chercher assistance ? Son esprit était confus et elle ne se souvient pas clairement de ce qui s'est passé. Elle se rappelle avoir été introduite dans un petit salon par la gouvernante, puis s'être assoupie ou évanouie. En se réveillant, quel ne fut pas son choc de voir le prêtre allongé sur elle en train de la tripoter ! Il lui avait retiré sa culotte. Nuala devint hystérique, mais il lui ordonna de se taire. Elle était en larmes. Elle entendit la porte s'ouvrir, et la gouvernante entra. Le prêtre quitta la pièce. Nuala est certaine que l'arrivée de la gouvernante lui permit d'éviter le pire.

Elle ne pensa plus qu'à s'enfuir de cet endroit.

— Le prêtre, il m'a fait des choses horribles, lança-t-elle à la gouvernante.

Celle-ci fut prise d'un accès de fureur.

— Comment osez-vous dire cela d'un homme de Dieu ! Vous n'êtes qu'une menteuse… Vous êtes le diable !

Nuala ne pouvait pas imaginer qu'un prêtre se comporterait ainsi. À ce moment-là, en Irlande, le scandale des agissements de prêtres dévoyés n'avait pas encore éclaté dans la presse. Ce n'est que ces dernières années, avec tous les procès et les révélations médiatiques, que Nuala put replacer son expérience dans le contexte de l'époque. La terrible réalité est qu'une minorité de prêtres ont abusé de nombreuses victimes.

Mais dans l'esprit de cette adolescente bouleversée, le vaste monde ne semblait décidément abriter personne qui pût lui venir en aide. Même en unissant leurs forces, l'État et l'Église se montraient incapables de faire quoi que ce fût pour elle.

Un jour, le prêtre de la paroisse de Paddy, le père McMichael, vint lui rendre visite. Paddy tenait à ce que sa femme accomplisse ses devoirs religieux et il l'obligeait parfois à s'agenouiller et à réciter ses prières. Il la sermonnait aussi car elle n'allait plus à la messe. À cette époque, presque tous les catholiques assistaient à l'office le dimanche. Paddy lui-même pratiquait régulièrement, et ces démonstrations de ferveur religieuse semblaient pour le moins curieuses à Nuala, de la part d'un homme qui violait et battait sa femme.

Le père McMichael souhaitait la convaincre de retourner à la messe. De son côté, elle ne voulait plus entendre parler de l'Église catholique. C'était dans une église que le piège inexorable de ce mariage s'était refermé sur elle. C'était dans une église qu'elle avait été exhibée comme une espèce de trophée par le sadique à qui on l'avait vendue. Et quand elle était allée chercher l'aide d'un prêtre, il avait essayé de l'agresser. Elle avait eu sa dose de l'institution religieuse, même si elle continuait de nourrir une foi personnelle. Il lui arrivait de prier Dieu, de temps en temps, et de lui parler à sa manière, mais elle n'avait aucune envie de remettre les pieds dans une église

– le simple fait de passer devant lui soulevait le cœur.

— Bonjour, Nuala, la salua le père McMichael à qui elle ouvrit la porte.

— Il n'est pas là, mon père. Il est parti à la laiterie.

— Oh ! Ce n'est pas lui que je viens voir, Nuala…

« *Oh non… C'est quoi, le problème ?* », se demanda-t-elle.

— Entrez, mon père.

Elle ne se sentait pas à l'aise dans le rôle de maîtresse de maison. Elle éprouvait un certain plaisir à garder la maison en ordre mais n'en tirait aucune fierté. Se pavaner dans cette grande demeure ne flattait pas son ego le moins du monde. Elle accompagna le prêtre au salon.

Ce dernier semblait un peu tendu. Il toussa de façon appuyée, comme s'il réfléchissait à ce qu'il allait dire.

Nuala s'installa maladroitement sur un coin de chaise en face de lui. Elle n'était pas vraiment douée pour faire la conversation aux prêtres.

— Voilà longtemps que je ne t'ai pas vue, Nuala.

— Pourtant, je suis tout le temps là, mon père. Je n'ai pas disparu, vous savez !

— Je voulais dire que je ne te vois plus à la messe.

— Eh bien, rien d'étonnant, mon père, puisque je n'y vais plus.

Ce commentaire lui échappa, mais ne se voulait pas insolent.

— Alors tu dois y aller dans la paroisse de tes parents, n'est-ce pas?

— Non, je n'y vais plus du tout.

Le prêtre se racla la gorge.

— Nuala, tu sais que c'est un péché mortel de ne pas aller à la messe le dimanche... Paddy se fait du souci pour toi.

— Oh, il vous a parlé de moi?

— Disons que le sujet est venu dans la conversation. J'ai pensé que je pourrais t'en toucher un mot.

— Eh bien, c'est comme ça, mon père. Je n'ai plus envie d'y aller.

— Mais pourquoi, Nuala? C'est tout de même la base de notre religion!

— Je déteste y aller, et vous ne pouvez pas m'y obliger.

Elle ne souhaitait pas lui confier le malaise qu'elle éprouvait face aux regards hébétés de tous les paroissiens qui pesaient sur elle. En parler n'aurait fait qu'ajouter à son malaise.

— Si tu continues comme ça, Nuala, tu n'iras jamais au paradis!

— Je m'en fiche. De toute façon, le paradis, ça n'existe pas.

Cette conversation commençait à la fatiguer, au point qu'elle ne se souciait plus de surveiller ses paroles.

— Nuala, tu iras en enfer si tu ne te reprends pas.

— J'y suis déjà, à vivre avec ce rustre. C'est vous qui irez tous brûler en enfer!

Ce dernier commentaire visait surtout le prêtre qui avait tenté de la violer. Le père McMichael eut l'air choqué.

Aux yeux de Nuala, iI ne pouvait ignorer, comme beaucoup d'autres, qu'on l'avait forcée à se marier. L'Église ne lui avait été d'aucun soutien, ce qu'elle ne se priva pas de lui dire. Elle se montra fort impertinente, ce jour-là. Plusieurs années auparavant, le père McMichael avait été blessé à la gorge. Selon la rumeur, on lui avait tiré dessus. Depuis lors, il avait des difficultés à s'exprimer. Au cours de leur discussion, Nuala, qui perdait patience, lâcha : « Je ne comprends même pas ce que vous dites ! » À ce stade, plus rien ne la retenait. Elle s'était braquée contre l'Église, contre la société, contre le monde entier. Chaque jour, elle se levait un peu plus amère, pleine de souffrance et de haine. Surtout envers les hommes. Le prêtre, offusqué par ses paroles, ne revint jamais lui parler. Il rapporta ce qu'elle avait dit à son mari, qui en informa ensuite son père. Ce jour-là, elle fut battue par l'un puis par l'autre pour avoir manqué de respect au prêtre.

Paddy suivait une sorte de rituel quand il la battait. En général, il l'attrapait par-derrière et lui annonçait les raisons de sa colère. « Comment oses-tu parler comme ça à un prêtre, et à moi, une figure de la société ! », lui lança-t-il. Cette expression la frappa : pour qui se prenait-il ?

Paddy essayait toujours de dévaloriser Nuala en revendiquant la supériorité de son milieu social. Il lui disait qu'elle n'était rien et qu'elle ne venait de nulle part, qu'elle devrait remercier Dieu pour ce qu'elle avait reçu. Sans leur mariage, elle n'aurait jamais vécu dans cette grande ferme. Une fois, alors qu'elle gisait par terre après qu'il l'eut battue, il posa un pied sur elle :

— Tu n'es qu'une bouse. Tu es en dessous de moi, et tu resteras en dessous de moi.

— C'est ce que tu crois ! lui rétorqua Nuala.

Parfois, quand il la frappait ou qu'il voulait l'humilier, il lui disait :

— Tu es à moi, chienne. Je t'ai achetée. Est-ce que tu te rends compte combien j'ai payé pour t'avoir ? Tu m'appartiens.

Jamais Paddy n'a utilisé quoi que ce soit pour la frapper. Ses coups à mains nues étaient déjà redoutables, mais il aurait pu lui infliger de bien pires souffrances. En général, il lui donnait des coups de poing – ses yeux étaient sa cible favorite. Elle eut également le front coupé et porte encore la marque d'un coup au menton. Une fois, elle dut garder le lit pendant deux jours, après une agression particulièrement violente. Il lui arrivait de pleurer sous les coups de son mari, mais elle parvint à s'endurcir avec le temps, s'efforçant de ne pas lui donner la satisfaction de ses larmes.

Nuala devait souvent cacher un œil au beurre noir derrière des lunettes de soleil – une vieille paire bon marché qu'elle avait dénichée elle ne sait trop où. La honte la poussait à les porter, même en hiver. Mais les lunettes ne suffisaient pas à dissimuler tous ses bleus. Un jour, son père s'emporta contre elle car elle avait pris le bus malgré les marques de coups. «Qu'est-ce qui t'a pris de monter dans ce fichu bus! Les gens vont parler, maintenant...» Bien sûr, sa colère n'était pas dirigée contre le responsable de ces blessures.

Dans le bus, Nuala entendait des propos échangés à voix basse: «C'est celle qui s'est mariée avec le vieux...» Une fois, elle se retourna vers les auteurs de ces commérages et leur lança: «Oui, c'est moi, pourquoi ne pas le dire tout haut?» Ils n'en revinrent pas. Le chauffeur du bus, Charley, voyait souvent son visage tuméfié. Il eut pitié d'elle et lui offrit une nouvelle paire de lunettes à monture dorée.

Il arrivait aussi à Nuala de se rendre à Dunkellin dans le simple but d'exhiber les marques de coups sur ses bras ou sur son visage, pour que les gens sachent ce qu'elle subissait et que les coupables se sentent honteux. Son mari et son père se montrèrent alors plus malins: ils ne la frappèrent plus au visage, seulement à des endroits plus discrets.

Parfois, après l'avoir battue pour une quelconque raison, son mari l'emmenait chez son père qui la corrigeait à son tour pour le même fait. Paddy se gardait bien de dire qu'elle y avait déjà eu droit.

— Il m'a déjà punie, sanglotait-elle tandis que son père commençait à la frapper.

— Je ne t'ai pas touchée! protestait Paddy.

— Tu mérites ce que tu prends, concluait son père.

Certains jours, les deux hommes s'acharnaient ensemble sur elle, comme deux sadiques en stéréo.

Il suffisait d'un incident imprévisible pour déclencher leurs foudres, comme lors de ce jour de scrutin en Irlande. Nuala avait eu la surprise de recevoir sa carte d'électrice, alors qu'elle n'avait pas encore l'âge légal. Son mari, tout comme son père, était un fervent partisan du Fianna Fáil, le parti républicain. Paddy l'emmena avec lui au bureau de vote – sans doute voyait-il en elle une voix supplémentaire pour son candidat. Mais Nuala précisa son âge à l'assesseur, qui lui rétorqua qu'elle ne pouvait pas voter. Elle vécut ce moment comme une petite victoire, qui mit Paddy hors de lui.

— Pourquoi est-ce que tu as fait ça ? s'écria-t-il en ressortant. Tu n'avais qu'à y aller et voter comme tout le monde !

Sa rébellion lui valut d'être battue par son mari puis par son père, à qui Paddy avait rapporté les faits.

Dan était un militant convaincu du Fianna Fáil. À chaque élection, il passait la journée près d'un bureau de vote et tractait pour son parti. Paddy ne travaillait pas non plus beaucoup ces jours-là. Bien sûr, Dan savait qu'après la fermeture des bureaux de vote une soirée alcoolisée – et gratuite – l'attendait. Il en profitait également pour essayer de décrocher quelques commandes. Toute occasion était bonne à saisir.

Puisque personne ne l'aiderait à échapper à son cauchemar, Nuala fut parfois tentée de rendre justice elle-même. Un jour, alors que Paddy regardait par une fenêtre du dernier étage, l'envie lui prit de l'attraper par les jambes et de le faire basculer dans le vide. La chute l'aurait sans doute tué. Elle essaya d'écarter un pan de la fenêtre, seulement entrouverte, mais pour une fois elle resta coincée. Bien que ce fût tentant, elle n'aurait probablement pas mis son idée à exécution. Elle eut le sentiment étrange que Paddy comprit ce qui lui passait par la tête. Il se retourna, lui jeta un regard inquisiteur – et ne se pencha jamais plus à cette fenêtre.

Certains jours, elle menaçait de le tuer. Il lui arriva plusieurs fois de dire, faisant allusion au premier viol :

— Si jamais tu m'attaches à nouveau, je te tue. Tu ferais bien de te méfier !

Il la regardait alors d'un air méprisant qui semblait dire : « Tu peux toujours rêver. » Toutefois, il ne l'attacha plus jamais, même si cela ne l'empêcha pas de la violer. C'était un homme à la stature imposante, bien plus fort que Nuala. Une fois qu'il l'avait frappée, elle n'avait plus la force de s'opposer à lui et rendait les armes. Elle ne pouvait lui résister au-delà d'une certaine limite. Et, bien sûr, l'ombre menaçante de son père pesait toujours sur elle.

Une fois, alors qu'elle préparait un ragoût pour Paddy, elle se dit qu'elle pourrait y ajouter quelque chose de plus fort que les habituels somnifères. Elle y versa trois grandes cuillerées de mort-aux-rats. N'importe qui serait mort dans d'atroces souffrances après avoir avalé cette mixture. Mais Nuala estima finalement qu'elle allait trop loin et jeta le mélange empoisonné. Une autre fois, elle tenta de mettre son mari hors d'état de nuire en le faisant tomber d'une échelle. Alors qu'il était en train de peindre en hauteur, elle détourna l'attention de Sylvester, qui tenait l'échelle, en agitant un billet de cinq livres, lui demandant de venir la voir. Le pauvre bougre en oublia ce qu'il faisait et accourut vers Nuala. L'échelle ne tarda pas à glisser, et Paddy en fut quitte pour quelques bleus et l'humiliation de se retrouver couvert de peinture. Furieux, il décida de renvoyer Sylvester et il fallut toute l'insistance de Nuala pour qu'il change d'avis. Dans ses moments les plus noirs, elle se mettait en quête du fusil de Paddy, mais ce dernier prenait toujours soin de le garder en lieu sûr. Si elle était parvenue à mettre la main sur l'arme, Nuala aurait été capable de tuer non seulement son mari, mais aussi son père.

Elle aimait se réfugier dans son ancienne chambre, demeurée un sanctuaire à la gloire de David Essex. Elle y conservait également ses précieux magazines. Un jour, elle était en train de lire tranquillement quand Paddy entra en trombe. Rien qu'à son langage corporel, elle sut qu'un malheur se préparait.

— Il est temps que tu arrêtes d'agir comme une gamine, lui dit-il. Il est temps que tu grandisses et que tu te comportes en femme mariée !

Là-dessus, il se mit à arracher les posters qui recouvraient les murs. Nuala cria de rage et fondit en larmes. Puis il s'en prit à ses magazines, qu'il déchira l'un après l'autre.

— Je te déteste ! Je te déteste ! hurlait-elle.

Paddy sourit, satisfait, sachant qu'il avait visé juste. Il rassembla les bouts de papier déchirés et descendit les jeter au feu, l'adolescente décomposée à ses trousses.

— Je te déteste, connard… Je te déteste !

Nuala continuait de courir régulièrement, la plupart du temps le long de l'allée qui menait à la maison. Parfois, Paddy la regardait. Elle avait renoncé à son rêve de devenir athlète, mais ces footings étaient toujours mieux que rien. Elle ne s'était cependant pas aperçue que quelqu'un d'autre l'observait courir : un agriculteur d'une trentaine d'années qui vivait dans le voisinage.

Un soir, alors que Nuala et Paddy étaient au pub, le jeune homme confia à Paddy :

— Votre femme, là, elle est sacrément bien faite. Je l'ai vue courir dans l'allée. Ça ne m'aurait pas déplu de l'épouser !

Le commentaire du jeune homme se voulait innocent, mais Paddy, furieux, ne l'entendit pas de cette oreille. En rentrant, il passa ses nerfs sur Nuala, l'accusant de s'exhiber devant cet homme pour tenter de le séduire. Dans le monde paranoïaque de Paddy, la jalousie que lui inspiraient les autres hommes constituait toujours un bon prétexte pour battre sa femme.

Nuala eut, cette nuit-là, les bras couverts d'ecchymoses. À partir de ce jour, Paddy lui défendit de courir. Cela lui brisa le cœur, mais elle brava son interdit chaque fois qu'elle était certaine qu'il s'absentait pour quelques heures, faisant jurer à Sylvester de garder le silence.

Au bout d'un moment, Nuala remarqua qu'un sinistre schéma se répétait : souvent, Paddy la violait après l'avoir battue, comme si ces deux actes exprimaient deux aspects de son sentiment de toute-puissance sur elle, sentiment sans doute exacerbé par le fait qu'il l'avait « achetée ». Aux yeux de Nuala, sa violence et son sadisme avaient une dimension sexuelle. La brutalité de Paddy pouvait être imprévisible. Il lui arrivait de rentrer des champs de mauvaise humeur et de s'en prendre à elle. Parfois, elle débordait tellement de colère qu'elle ne pouvait s'empêcher de le provoquer verbalement, surtout quand elle avait bu. Un soir d'hiver, alors que ses parents étaient venus leur rendre visite, elle lâcha une véritable bombe.

Ils étaient tous réunis dans le salon, même Sylvester, près du feu de cheminée. Nuala, prise de pitié pour le pauvre ouvrier qui vivait dans une pièce gelée, avait demandé à Paddy la permission de le convier à venir se réchauffer. Elle avait déjà bu quelques verres en secret et sirotait une tasse de thé noir, dont personne n'avait remarqué qu'il était mélangé avec du whisky. Dan négociait un prêt auprès de Paddy. Ce dernier lui en avait accordé plus d'une fois, sans aucune certitude de revoir un jour son argent. Dan s'était mis à considérer Paddy comme son banquier personnel.

Nuala était obsédée par le fait que son père l'avait vendue pour deux mille cinq cents livres et une voiture. Elle avait entendu son mari s'en vanter assez souvent. Jamais encore elle n'avait provoqué son père sur ce sujet, mais ce soir-là, sous l'influence de l'alcool, elle ressentit l'envie de lui jeter sa vérité à la figure. L'entendant parler d'un nouveau prêt à Paddy, elle lui lança :

— Tu n'as pas eu assez avec les deux mille cinq cents livres et la Mini ?

Son commentaire résonna comme un coup de tonnerre. Pendant quelques secondes, tout le monde resta muet. Dan avait dû exiger de Paddy que personne, surtout pas Nuala, ne connaisse jamais les termes de leur arrangement. Elle voyait la colère enfler dans le regard de son père. Il aurait pu nier, mais n'en fit rien. Après une longue pause, il lui demanda :

— Comment est-ce que tu sais ça ?

— C'est lui qui me l'a dit.

À sa grande satisfaction, Nuala avait plongé dans un extrême embarras les deux hommes qu'elle détestait le plus au monde. Mais elle devrait en payer le prix, elle le savait.

Cette nuit-là, Paddy la cogna violemment pour ses deux crimes : elle avait bu, mais, surtout, elle l'avait trahi et humilié devant ses parents.

Et ensuite, tant qu'à faire, il la viola.

10

La grossesse

La courte vie de Nuala n'avait été qu'une longue succession de trahisons. Le destin l'avait trahie en lui donnant un père violent, cynique et sans pitié. Son père l'avait trahie en abusant d'elle avant de la vendre comme esclave sexuelle. Son mari l'avait trahie en ne respectant pas sa promesse d'une union chaste. Un prêtre l'avait trahie en essayant d'abuser d'elle alors qu'elle était venue lui demander de l'aide un jour de profonde détresse. L'État l'avait trahie en ne disposant d'aucune loi pour mettre fin à son calvaire. Et, au bout du compte, son propre corps finit par la trahir…

Nuala se sentait de plus en plus souvent mal, le matin. Elle vomissait son petit-déjeuner. Elle ne comprenait pas ce qui lui arrivait. L'adolescente, à qui l'on n'avait jamais vraiment appris les choses de la vie, décida d'en parler à sa mère, qui lui révéla qu'elle était sans doute enceinte. La nouvelle lui fit l'effet d'une bombe. L'annonce d'une grossesse est un moment merveilleux pour la plupart des femmes. Mais pour Nuala, c'était un désastre. Cet enfant était à ses yeux le fruit d'un viol, et elle n'en voulait pas.

Elle demanda à sa mère à quoi ressemblait la grossesse. « C'est comme si tu étais constipée », lui répondit-elle en se voulant rassurante. Quelques mois plus tard, après un accouchement très difficile, Nuala lança à sa mère, d'un air grave : « Tu parles d'une constipation ! »

Elle détestait sentir ce fœtus grandir dans son ventre. Jamais elle n'avait couché avec Paddy de son plein gré, et elle ne supportait pas l'idée qu'un enfant ait pu être conçu dans de si détestables circonstances. Son corps était une nouvelle fois envahi.

D'un point de vue rationnel, elle savait que ce pauvre bébé n'y était pour rien, mais elle ne pouvait se résoudre à aimer un enfant engendré par un homme qu'elle détestait et méprisait. Elle aurait voulu mourir.

Un jour, alors qu'elle était déjà enceinte de plusieurs mois, elle tenta d'en finir en se jetant dans l'escalier. Vu la configuration des marches, elle ne pouvait se laisser tomber que du palier, à mi-hauteur. Elle s'en sortit avec quelques bleus. Sylvester, qui était dans la cuisine, entendit sa chute et lui vint en aide.

— Je ne suis même pas capable de me tuer ! se lamenta-t-elle auprès de lui.

Il lui semblait qu'elle avait neuf vies, comme les chats. Peu de temps avant cela, elle s'était retrouvée dans un bus qui avait eu un accident. Trois personnes avaient été blessées, mais elle s'en était sortie indemne. «Pourquoi est-ce que rien ne m'arrive jamais à moi!», avait-elle lancé au chauffeur, qui l'avait regardée d'un air perplexe, se demandant sans doute ce qui ne tournait pas rond chez elle.

À plus de cinq mois de grossesse, profitant de l'absence de Paddy, elle fit une nouvelle tentative de suicide. Elle savait qu'elle entraînerait son bébé dans sa mort. Mais elle se rassurait en se disant qu'elle n'avait pas vraiment l'intention de le tuer lui – seulement elle. Et puis, après tout, c'était peut-être mieux qu'ils en finissent tous les deux, vu l'avenir épouvantable qui les attendait. La maison abritait une importante réserve de médicaments ayant appartenu pour la plupart à la première épouse de Paddy. Nuala avala un cocktail potentiellement mortel de cachets puis s'effondra sur le sol. Sa mère, qui avait une clé de la maison, vint par hasard lui rendre visite ce jour-là et la trouva à terre. Affolée, Josey s'efforça de réveiller sa fille. Puis Paddy rentra. Nuala apprit par la suite, de la bouche de sa mère, que Paddy, la voyant allongée sur le sol, avait dit: «Laissez-la mourir.» Josey appela une ambulance qui conduisit Nuala à l'hôpital.

Un policier en civil vint lui rendre visite. Ironie du sort, il travaillait au commissariat où elle avait voulu porter plainte pour viol. Il lui rappela d'un air sévère que la loi condamnait le suicide, et qu'on pouvait la poursuivre pour avoir tenté de mettre fin à ses jours. Avec son pardessus chic et son chapeau, il en imposait. Nuala n'apprécia guère la leçon de morale. Elle éprouvait une certaine perplexité. Aucune loi n'empêchait son mari de la violer mais, quand elle tentait d'échapper à son calvaire, c'était elle, la victime, que la police venait réprimander ! À ses yeux, le système marchait sur la tête. Cet épisode ne fit qu'accentuer sa rébellion contre la société irlandaise.

Son père vint également la voir, sans la moindre compassion. Il voulait qu'elle retourne chez Paddy.

— Si tu ne sors pas d'ici, je te tue ! lui dit-il.

Elle resta à l'hôpital pendant deux ou trois semaines. Lors de ce séjour, elle confia à nouveau son martyre à des personnes extérieures. L'une d'elles, qui n'était ni un patient ni un membre du personnel, en fut bouleversée et, voulant faire éclater ce scandale, contacta le *Sunday World*. Il se trouve que c'est à moi qu'elle révéla l'affaire. Au début, elle me parut peu crédible. Après tout, l'Irlande des années 1970 était un pays riche et éduqué. Nous venions d'entrer dans l'Union européenne, et l'époque des mariages forcés n'était plus qu'un vieux souvenir – c'est en tout cas ce que je pensais.

L'histoire de Nuala semblait tout droit sortie du Moyen Âge ou d'une république bananière du tiers-monde, et non pas de l'Irlande catholique et civilisée. Toutefois, l'informateur avait tout d'une personne honnête et motivée par une sincère inquiétude, loin de ceux qui cherchent le feu des projecteurs. Par un curieux hasard du destin, je me rendis compte, en outre, que mon chemin avait déjà croisé celui du petit entrepreneur accusé d'avoir vendu la main de sa fille. On m'avait décrit Dan Slowney comme un joueur et un buveur invétéré, qui traînait une réputation de magouilleur et de « canaille ». Je ne l'avais pas rencontré, mais j'avais entendu parler de lui à l'occasion d'un sujet sur lequel j'avais travaillé l'année précédente. Je l'avais aperçu, de loin, au volant d'une vieille camionnette. Grâce à mes contacts dans le voisinage, je fus en mesure de vérifier dans les grandes lignes ce que m'avait confié l'informateur.

Un dimanche, Nuala était avec ses parents dans la voiture de Paddy lorsque l'un des plus gros coups de tonnerre de sa jeune vie mouvementée éclata. Elle venait de sortir de l'hôpital, où on l'avait soignée après sa tentative de suicide. Son mari était allé chercher ses parents après la messe et ils étaient en route pour une sortie dominicale – Nuala ne se rappelle plus où. Paddy s'arrêta à Knockslattery pour aller à la maison de la presse avec Dan. Ce dernier savait à peine lire, mais il achetait toujours les journaux du dimanche, qu'il portait ostensiblement sous le bras pour passer pour un homme cultivé. À la maison, c'était Josey qui lui lisait son courrier. Paddy, quant à lui, savait très bien lire et achetait chaque jour les quotidiens nationaux, *The Irish Press* et *The Irish Independent*.

Debout près de la voiture, Paddy et Dan s'attardaient sur l'un des journaux, l'air consterné, murmurant entre eux. Ils jetaient des regards furtifs à Nuala. Puis ils entrèrent dans le véhicule et l'un d'eux lui balança un exemplaire du *Sunday World* au visage. Nuala, assise sur le siège avant, se crispa. Qu'est-ce qui pouvait bien avoir déclenché une telle furie? Paddy commença à lire tout haut un article du *Sunday World* qui racontait l'histoire d'une adolescente contrainte par son père à épouser un agriculteur bien plus âgé qu'elle, et qui s'enfonçait depuis dans la dépression. C'était une histoire de persécution, d'exploitation et de désespoir. Même si l'article, relativement court, ne mentionnait aucun nom, Paddy et Dan n'eurent aucun mal à se reconnaître. Les deux hommes, qui tenaient leur foyer d'une main de fer, étaient stupéfaits. Jamais ils n'auraient imaginé se retrouver ainsi sous le feu des projecteurs, même dans leurs pires cauchemars.

Une véritable pagaille ne tarda pas à régner dans cet espace confiné. Paddy et Dan se mirent à rouer Nuala de coups tout en l'insultant et en l'inondant de questions. «T'as parlé à qui, salope?» «Pourquoi t'as fait ça?» «Comment ils ont su?» «Ils t'ont payée, c'est ça?» Nuala protestait de toutes ses forces qu'elle n'avait rien à voir avec cet article, mais les deux hommes, hors d'eux, refusèrent de la croire. Ils n'entendaient pas davantage les supplications de Josey, qui les conjurait de laisser sa fille tranquille.

— Quand j'aurai trouvé le connard qui a écrit ça, je le tuerai, fulmina Dan. Il nous fait passer pour deux beaux salauds!

Toute perspective d'un dimanche paisible s'étant évanouie, Paddy démarra la voiture et reprit le chemin de chez Dan. Les deux hommes emmenèrent Nuala dans la cuisine et lui interdirent de s'asseoir. Maintenant qu'ils avaient davantage d'espace, ils allaient pouvoir s'occuper d'elle comme il fallait. Une pluie de coups de pied, de coups de poing et de gifles s'abattit sur la pauvre jeune fille en pleurs, ballottée entre ses bourreaux, qui continuait de crier son innocence. En larmes elle aussi, Josey essaya de s'interposer, suppliant les deux assaillants de se calmer, mais en vain.

À un moment, Dan attrapa sa fille par les cheveux et la jeta par terre. Il y avait une icône du Sacré-Cœur de Jésus dans la pièce, derrière une petite veilleuse rouge.

— Jure devant Dieu que tu n'as rien fait. Jure-le, petite salope!

Nuala s'exécuta. Dan était persuadé que sa fille avait aussi reçu de l'argent du journaliste.

— Tu as vendu ton histoire, connasse, lui dit-il en la frappant alors qu'elle était toujours à terre. Ils t'ont payée, hein? Combien ils t'ont donné? Et qu'est-ce que tu as fichu de cet argent?

Dan alla chercher son fusil de chasse à deux coups, ne laissant aucun doute sur le fait qu'il était chargé. Il apporta également un stylo et un papier, pour dicter à Nuala un démenti de l'article. Le canon du fusil dans la bouche, la jeune fille écrivit une lettre qui fut postée le jour même. Nuala ne parvient pas à se remémorer le contenu de ce courrier. Selon elle, les deux hommes finirent par la croire quand ils virent qu'elle continuait de clamer son innocence malgré la menace du fusil.

Je me souviens de cette lettre rédigée à l'encre bleue sur un papier rayé, d'une écriture ample et enfantine. Elle contestait avec la plus grande fermeté le contenu de mon article, la signataire assurant être «très heureuse» dans son couple. Ayant le sentiment d'avoir bien fait mon travail, je me demandai si je me heurtais là à une vieille tradition irlandaise qui consiste à dissimuler et à nier les vérités qui dérangent. Je n'avais alors que quelques années d'expérience dans le journalisme, mais je m'étais déjà souvent retrouvé confronté à notre version locale de l'omerta. Certains de nos politiciens, de nos hauts fonctionnaires et de nos hommes d'Église auraient fait passer les parrains de la Mafia pour de vraies pipelettes! J'en conclus que cette lettre avait sans doute été rédigée sous la contrainte, tout en me demandant quelles pressions cette pauvre fille avait pu subir pour revenir sur ce qu'elle avait dit à l'hôpital. J'étais loin d'imaginer la terrible menace sous laquelle Nuala avait pris la plume.

Après la rédaction de la lettre, Dan et Paddy partirent tous les deux. Nuala ignore ce qu'ils firent – peut-être allèrent-ils prendre un remontant au pub. Un peu plus tard dans l'après-midi de ce dimanche mouvementé, Paddy vint rechercher Nuala et l'enferma dans son ancienne chambre. Cette pièce vibrait d'une résonance particulière pour elle: c'était là que Paddy l'avait violée pour la première fois. Pourtant, elle avait fini par aimer cet endroit qui constituait son refuge dans cette maison qu'elle considérait comme un territoire hostile. Paddy avait arraché ses posters de David Essex, mais elle en avait mis de nouveaux sur les murs, car elle continuait de commander ses magazines à l'épicerie locale.

Paddy verrouilla la porte et s'en alla avec la clé. Si Nuala devait soulager un besoin naturel, il y avait un pot de chambre sous le lit. Ce que Paddy ignorait, c'est qu'une seconde clé était cachée dans la pièce. Nuala l'y avait dissimulée en cas d'urgence. Elle avait testé toutes les vieilles clés de la maison pour trouver ce double. Même si elle n'avait nulle part où aller, il était toujours plus agréable de savoir qu'elle n'était pas tout à fait prisonnière.

Son corps malmené était pétri de douleur. Elle resta allongée dans un coin de la pièce, en position fœtale, une couverture jetée sur elle. Elle souffrait tellement qu'elle n'était même pas capable de s'allonger sur le lit. Elle resta éveillée la majeure partie de la nuit. À chaque fois qu'elle le pouvait, elle restait éveillée dans cette maison. Elle avait toujours peur que son mari ne la viole dans son sommeil, ou que quelque chose de terrible ne se passe. Elle dut s'endormir aux petites heures du matin, avant que Paddy ne vienne la réveiller d'un coup de pied. Puis il sortit sans un mot, laissant la porte ouverte. Nuala entendait les oiseaux chanter dans les arbres.

Paddy lui en voulut longtemps après cet incident. Elle n'eut pas le droit de sortir tant que les marques de coups n'avaient pas disparu. Il ne laissa personne entrer dans la maison, de crainte que les gens la voient dans cet état. Dan et Paddy menacèrent Sylvester de le tuer s'il ouvrait la bouche. Nuala n'avait jamais vu son père et son mari si implacables. Quand Sylvester découvrit ses blessures, il fut vraiment secoué. Nuala n'avait jamais été témoin de coups portés à l'ouvrier, mais cette fois-là, il dut avoir peur de subir le même sort.

Plus tard, seulement, elle parvint à se réjouir de la publication de l'article, qui avait un goût de revanche sur ses bourreaux. Une revanche qu'elle aurait encore plus appréciée si elle avait été la sienne, et non celle de quelqu'un d'autre. Elle pensait souvent à contacter l'auteur de l'article : « *Il a fait éclater le scandale*, se disait-elle, *je parie qu'il voudra bien m'aider...* » Mais elle ne m'a jamais appelé. Pour être honnête, je ne sais pas ce que j'aurais fait si elle m'avait demandé de l'aide. Les journalistes sont doués pour parler des problèmes des autres – quant à les résoudre, c'est une autre histoire.

Après la révélation du *Sunday World*, Nuala entendit que Dan se vantait de plus en plus ouvertement d'avoir pêché un « gros poisson » pour sa fille et touché au passage une jolie commission. C'est Carmel qui le lui rapporta. Les deux amies se voyaient toujours furtivement lorsque Nuala allait rendre visite à sa mère. Dan ne voulait pas que Nuala continue de voir des filles de son âge, mais elle se débrouillait pour garder un minimum de liens avec Carmel et quelques autres. Carmel tenait elle-même ses informations de copines qui avaient entendu leurs parents en parler. À Knockslattery, le téléphone arabe fonctionnait à merveille.

Par ce comportement, Dan semblait en quelque sorte défier le monde extérieur, comme s'il clamait haut et fort : « Oui, je l'ai vendue... Et alors ? » Même en présence de Nuala, il en venait à se plaindre auprès de Josey :

— Pourquoi est-ce que tu ne m'as pas fait plus de filles ? J'aurais fait fortune ! Les garçons, bon Dieu, ça ne rapporte rien.

11

La naissance

L'accouchement de Nuala fut long, pénible et douloureux. Elle crut que ça n'en finirait jamais, mais elle finit par mettre au monde un fils. Cela aurait dû être un moment de bonheur ; il n'en fut rien. Au contraire, la naissance lui rappela que tout avait commencé par un viol. Une religieuse, le sourire aux lèvres, se pencha vers elle et lui tendit le bébé qui piaillait, emmailloté dans une couverture rose :

— Est-ce que vous voulez voir votre fils ? Après tout le mal que vous vous êtes donné pour lui !

— Enlevez-le de là ! cria Nuala. Ne l'approchez pas de moi. Je me fiche de ce que vous en ferez, mais enlevez-le de là.

Le visage de la religieuse se figea. Elle était stupéfaite.

— Que Dieu vous pardonne…, murmura-t-elle en emportant l'enfant.

À ce moment-là, le seul fait de penser à ce bébé lui soulevait l'estomac.

Quelques heures avant d'entrer en salle de travail, Nuala avait pris une belle revanche sur son mari. Comme elle avait été admise dans un hôpital privé, elle pouvait réclamer des petits extra comme des yaourts. Elle demanda à une infirmière de lui ouvrir douze pots de yaourt et de les transvaser dans un pichet qu'elle gardait sur sa table de chevet. Lorsque Paddy vint lui rendre visite, elle attendit qu'il s'approche d'elle et lui balança le pichet, maculant de yaourt son beau costume. Scandalisé, il fit mine de s'en prendre à elle :

— Je vais te…

Mais il ne termina pas sa phrase, pas plus qu'il ne toucha Nuala. Cet homme respectable, cette « figure de la société », ne pouvait bien entendu pas se laisser aller devant le personnel de l'hôpital. Il tourna les talons et sortit. Elle l'avait rarement vu dans une telle colère – c'était merveilleux, un petit moment de vengeance vraiment délicieux. Les infirmières aidèrent Paddy à nettoyer son costume.

Son fils naquit ce soir-là. Paddy revint à l'hôpital pour voir sa femme et son enfant. Elle lui expliqua qu'elle délirait lorsqu'elle lui avait jeté le pichet. C'était un mensonge, mais il la crut, Dieu merci ! Au moins, elle ne subirait pas un passage à tabac à peine rentrée à la maison. Paddy trouva que le bébé avait la peau très foncée. Dans un élan de paranoïa, il soupçonna Nuala d'avoir couché avec un Noir. Quand elle y repense aujourd'hui, cette idée la fait bien rire : « Il n'y avait aucun Noir à une centaine de kilomètres à la ronde ! Si j'avais croisé un Noir dans la rue à l'époque, j'aurais eu peur. Je n'en ai jamais rencontré avant d'aller à Londres. »

Nuala ne parvenait pas à s'intéresser à son enfant ni à l'aimer. Une religieuse lui expliqua qu'elle faisait sans doute une dépression post-partum, mais qu'elle arriverait à la surmonter. Nuala resta dix jours à l'hôpital, pendant lesquels elle refusa tout contact avec son enfant. À cette époque, on mettait les nouveau-nés en pouponnière, où leurs mères venaient régulièrement les voir. Les autres femmes s'étonnaient que Nuala reste dans sa chambre, mais c'était tout simplement au-dessus de ses forces. Quand vint le moment de quitter l'hôpital, son mari et ses parents vinrent chercher Nuala et son fils. Une infirmière tendit l'enfant à Nuala, qui le passa à sa mère :

— Tu n'as qu'à le prendre. Je n'en veux pas.

Puis elle s'en alla.

Josey s'installa chez sa fille et Paddy, le temps que Nuala accepte de s'occuper de ce bébé dont elle n'avait pas voulu. Elle réintégra son ancienne chambre. Sa mère et Paddy allèrent acheter tout le nécessaire pour le petit, y compris un landau et un lit d'enfant. Paddy ne regarda pas à la dépense, mais Nuala trouvait qu'il ne manifestait pas beaucoup d'intérêt pour son fils. Il ne jouait jamais avec lui, ne lui parlait pas, ne le prenait pas dans ses bras. C'était un petit garçon, voilà tout. Parfois, quand il voulait blesser Nuala, il lui disait que c'était sans doute le bâtard d'un autre homme.

Paddy n'assista pas au baptême du petit Ronan, entouré de Josey et d'un cousin de Nuala. Dan, déjà malade à cette époque, n'était pas présent lui non plus. Il était ravi d'avoir un petit-fils, qu'il adorait. Il n'arrêtait pas de harceler sa fille :

— Quand est-ce que tu vas te mettre à t'occuper de ce bébé ?

Comme aucun de ses parents ne semblait beaucoup se soucier de cet enfant, Josey s'investit de plus en plus dans son éducation. Elle resta quelque temps chez Paddy, puis il fut décidé que Ronan irait vivre chez ses grands-parents, où Josey pourrait s'occuper de lui. Paddy ne s'y opposa pas.

Dans le même temps, beaucoup de choses évoluèrent dans la vie de Nuala. À mesure que la santé de son père déclinait, elle se sentait de plus en plus forte. Consciente qu'il n'en avait plus pour longtemps, elle se jura de reprendre sa liberté le jour où il ne représenterait plus une menace pour elle. Elle alla même jusqu'à s'ouvrir clairement de ses projets à sa mère :

— Dès qu'il sera mort, je m'en irai.

Nuala commença à réfléchir à la manière de procéder. Elle ne pouvait compter sur personne d'autre que sur elle-même. Il lui faudrait de l'argent pour partir à l'étranger et commencer une nouvelle vie : il était temps de repérer où Paddy cachait ses économies. Elle arrêta de boire et de fumer, et reprit le sport à un rythme intensif, de manière à être fin prête le jour venu. Elle sortait courir à chaque fois qu'elle en avait l'occasion, malgré l'interdiction persistante de Paddy. Elle ne voulait rien négliger de sa préparation mentale et physique. Peu à peu, cet extraordinaire rêve de liberté envahit toutes ses pensées.

Puisque sa mère s'occupait de Ronan, rien ne la retenait. Elle commença à tenir tête à son mari. Comme Dan était de plus en plus faible, Paddy ne pouvait pas compter sur lui pour imposer sa personnalité écrasante à Nuala et la punir. Avec l'effacement progressif de son père, elle prenait suffisamment confiance en elle pour s'opposer à son mari. Qui plus est, après la naissance du bébé, l'appétit sexuel de Paddy pour sa femme s'était tari. Elle se mit à passer de plus en plus de temps chez sa mère. Paddy tenta de couper court à sa rébellion en cessant de lui acheter des cigarettes et en la privant d'argent de poche, mais cela n'y changea rien. Elle se sentait également plus forte pour résister à la violence de Paddy. Quand elle avait vraiment besoin d'argent, elle savait l'amadouer pour parvenir à ses fins.

Josey, quant à elle, vivait très mal le déclin de son mari, dont les fréquents séjours à l'hôpital l'emplissaient d'angoisse. Avant que les ambulanciers ne viennent le chercher, Dan bourrait de billets les poches de son pyjama et demandait à sa femme de les coudre. Il n'était pas question qu'on lui prenne ses économies, et sa méfiance ne semblait épargner ni les médecins ni les infirmières. Malgré toutes les atrocités que Dan lui avait infligées, Josey était terrifiée à l'idée de perdre son mari. Nuala ne comprend toujours pas un tel attachement chez une femme ayant été persécutée toute sa vie. «Je n'aurai plus personne quand il sera parti», confessait-elle parfois.

Durant cette période, sa crainte d'éventuelles représailles physiques de son mari s'évapora. Nuala restait de plus en plus auprès de sa mère lorsque Dan était alité. Comme d'habitude, il restait très exigeant. La nuit, s'il avait besoin de quoi que ce soit, il réveillait sa femme. Même dans son état, il pouvait se montrer violent. Un soir, Nuala fut choquée de le voir jeter sur Josey une bouteille de limonade – qui manqua sa cible. Et pourtant, la jeune fille trouvait sa mère sereine, bien qu'angoissée par l'état de Dan.

Un jour, Nuala prit le bus pour aller chez ses parents et remarqua un inconnu âgé d'une vingtaine d'années au milieu des nombreux passagers qu'elle connaissait tous, au moins de vue. Il descendit comme elle à Knockslattery, et prit lui aussi le chemin de la maison de ses parents. Quand il se rendit compte qu'ils allaient tous les deux dans la même direction, le jeune homme la regarda d'un air intrigué.

— Nuala, c'est toi? lui dit-il.

— Oui. On se connaît?

— Tu ne me reconnais pas? Malachy!

C'était son frère qui avait émigré en Angleterre treize ans plus tôt, après avoir pris la défense de sa mère. Il revenait pour la première fois au chevet de son père malade, et ne comptait rester que quelques jours. Nuala trouva tout cela bien triste : toutes ces années d'exil parce que votre propre famille vous renie… Il était devenu un étranger parmi les siens. Malachy comptait lui aussi parmi les victimes de son père.

Tandis qu'ils marchaient, Nuala lui raconta l'histoire de son mariage forcé. Malachy secoua la tête, consterné. S'il avait su ce qui se passait, lui dit-il, il serait revenu tout de suite pour y mettre un terme. Il aurait tenu tête à son père comme il l'avait fait lorsqu'il n'avait que quinze ans. Nuala préféra ne pas penser à ce qui aurait pu advenir. Parfois, elle ressassait ce jour maudit où Dan s'était engagé pour la première fois dans l'allée qui menait chez Paddy. S'il n'avait pas eu ce stock de charbon sur les bras, ou si Paddy avait été absent, toutes ces horreurs ne lui seraient pas arrivées. Mais elle se répétait alors qu'il ne servait à rien de se torturer en spéculant sur le passé.

Elle ne put toutefois s'empêcher de songer une nouvelle fois à « ce qui aurait pu advenir » lorsqu'une autre personne vint rendre visite à sa mère alors qu'elle était là : Larry. À l'époque où ils sortaient ensemble, Josey et lui s'étaient liés d'amitié. À Noël, Larry ne manquait jamais de lui offrir une boîte de chocolats et il passait lui dire bonjour quand il était dans le coin.

Il était content de voir Nuala, et c'était réciproque. Larry et elle s'étaient toujours appréciés, personne ne pouvait le nier. Mais, ce jour-là, leur conversation garda un tour formel et engoncé.

— Comment ça va, Nuala ? lui demanda-t-il.

— Ça va bien, Larry.

— Ça me fait plaisir de te voir.

— Moi aussi.

— Tu t'es mariée dans une bien jolie petite église, Nuala.

— Oh, tu la connais?

— Eh bien, oui… C'est là que je me suis marié il y a quelques semaines.

Nuala se sentit soudain abattue et profondément triste. Elle ne savait pas que Larry s'était marié. Elle essaya de cacher son trouble, mais son air détaché masquait mal les émotions qui l'assaillaient. Comme elle aurait aimé avoir épousé Larry plutôt que Paddy! Comme elle aurait voulu échanger sa place avec la fille qu'il avait menée jusqu'à l'autel!

— Félicitations, Larry. Je ne savais pas. Tu t'es marié avec Evelyn?

— Oui. C'est une fille super. On est très heureux. On a une nouvelle maison, maintenant.

Ils évoquèrent le bon vieux temps et Larry lui révéla que Dan avait tenté de se réconcilier avec lui après la fin abrupte de leur histoire.

— J'ai rencontré ton père dans un pub, quelques mois après notre rupture. Il a été sympa. Il est venu me serrer la main en me disant: «Sans rancune!»

De temps en temps, Dan quittait le lit pour assurer quelques livraisons. Il lui arrivait de louer les services de quelques jeunes gens, mais si Nuala était là, il la réquisitionnait pour l'aider dans les tâches physiques qu'il ne pouvait plus accomplir. Cela lui revenait moins cher – non qu'il payât des fortunes les jeunes qu'il employait, mais Nuala, elle, travaillait gratuitement. Cela ne la dérangeait pas outre mesure : c'était l'occasion de sortir et une bonne excuse pour échapper quelque temps à Paddy. Elle chargeait la camionnette de sacs de charbon ou de bois, sciait des poteaux de clôture, débitait les arbres que Dan avait achetés pour produire du bois de chauffage. Elle l'aidait aussi pour ses livraisons ou toute autre mission qui lui permettait de passer le temps.

Pour une raison dont elle ne se souvient plus, Dan prit un jour sa voiture et non la camionnette pour aller livrer un peu de charbon à un prêtre du voisinage. Nuala, qui l'accompagna, n'oublierait jamais cette journée. Ils s'étaient disputés avant de partir, Dan lui reprochant à nouveau de ne pas s'intéresser assez à son fils. Puis il l'avait giflée. C'était ce qui l'énervait le plus chez son père : il avait du mal à lui faire des reproches sans la frapper.

— Je n'en veux pas, de ce bébé ! lui avait-elle crié. Je ne peux pas m'en occuper !

Ils n'échangèrent pas un mot pendant tout le trajet, mais Nuala bouillait de colère après la gifle qu'elle avait reçue. Une fois au presbytère, elle déchargea les sacs de charbon. Dan l'aida à les soulever, malgré les recommandations de son médecin, et complimenta sa fille sur son travail :

— Si tu avais été un homme, tu aurais été formidable.

C'est la seule chose aimable qu'il lui eût dite ce jour-là, avec une tape dans le dos.

Sur le chemin du retour, alors qu'il était au volant, Dan se sentit soudain mal, comme s'il avait une attaque – peut-être l'effort physique avait-il fatigué son cœur.

— Arrête-toi, papa ! s'exclama Nuala, paniquée.

Il parvint à se garer sur le bas-côté avant de s'effondrer sur elle.

— Nuala… je vais y passer…, haleta-t-il.

Ce n'était pas la première fois qu'elle entendait cela. Ces derniers temps, il avait déjà gémi à plusieurs reprises qu'il allait mourir, mais malheureusement – pour Nuala –, ce n'étaient que des fausses alertes. Mais celle-ci, avec un peu de chance, pourrait bien être la bonne.

Cette idée lui procura un certain réconfort, mêlé de culpabilité. « *Mon Dieu, je serai bientôt libre !* », pensa-t-elle. Plus elle regardait son père s'affaiblir, plus elle se sentait soulagée. Elle ne put résister à l'envie de s'en prendre à lui verbalement, maintenant que sa puissante aura s'étiolait.

— Tu vas mourir… Tu ne pourras plus me faire de mal, connard ! C'est terminé.

Elle lui cracha ses mots avec tout son venin, et eut le sentiment de l'avoir vraiment touché. Il ne pouvait pas réagir. Soudain, c'est elle qui avait le pouvoir. Le vent avait tourné. Pourtant, l'idée que son père pouvait à tout moment mourir là, sur la route, l'effrayait. Elle était bouleversée par des émotions contradictoires :

un instant, elle souhaitait sa mort et le suivant, elle faisait de son mieux pour l'aider.

Elle sortit de la voiture, toute tremblante, et parvint tant bien que mal à installer son père sur le siège passager.

— Je vais t'emmener chez le docteur.

— Non, répondit-il dans un râle, mes habits sont sales… Conduis-moi à la maison.

Sa respiration rauque faiblissait. Elle craignait qu'il ne meure dans la voiture. Puis il se redressa sur son siège et bredouilla quelque chose en lui montrant un vieux paquet de cigarettes où trois noms étaient griffonnés.

— C'est trois bons tuyaux, articula-t-il. Ces trois chevaux vont gagner. Emmène-moi d'abord chez le bookmaker.

Nuala, qui était encore agenouillée près de la voiture à reprendre son souffle, n'en croyait pas ses oreilles. Un camion s'arrêta alors derrière eux. Le conducteur vint voir ce qui se passait et, face à l'état inquiétant de Dan, offrit son aide.

— Il veut que je l'emmène faire ses putains de paris ! cria-t-elle presque, de rage. Il est en train de crever, et c'est à ça qu'il pense !

Le camionneur proposa à Nuala de les suivre pour s'assurer qu'ils rentrent chez eux sans problème. En s'installant au volant, une pensée lui traversa l'esprit. Une occasion unique s'offrait à elle. Il lui suffisait d'appuyer sur l'accélérateur et de foncer contre un mur pour en finir une bonne fois pour toutes. C'en serait terminé de sa misérable vie et de cet homme pathétique qui lui servait de père. Il y aurait même une justice poétique dans ce crash, puisque la voiture qui les emmènerait vers l'au-delà n'était autre que la Morris Mini, une partie du prix que Paddy avait payé pour elle.

Un peu plus loin, un panneau de stop signalait un carrefour derrière lequel se dressait un mur de pierre. Nuala se demanda si elle pourrait prendre assez de vitesse pour le percuter de plein fouet. Avec un peu de chance, ce serait une mort rapide. Pour son père, cela ne changerait pas grand-chose, se dit-elle. Il n'en avait plus pour très longtemps. Elle regarda le mur, puis son père.

— Tu vois ce mur ? lui lança-t-elle en accélérant. Je vais foncer dedans et on va mourir tous les deux dans quelques secondes.

Avec une petite voiture comme la leur, elle se dit qu'ils n'avaient sûrement aucune chance de s'en sortir. Son père, qui avait déjà eu des accidents, en gardait un certain traumatisme. Elle sentit que celui qui avait terrorisé sa famille pendant si longtemps avait désormais peur pour sa propre vie. À ce moment précis, elle avait sur lui un pouvoir de vie et de mort. Le vent tournait enfin pour cet homme qui l'avait battue, qui avait abusé d'elle et avait fini par la vendre. Elle avait l'impression de lui rendre tant soit peu la monnaie de sa pièce. Il tendit la main et la posa sur la sienne, comme pour l'arrêter ou la supplier de ne pas le tuer.

Tiraillée entre ses pensées et sa conscience, Nuala renonça *in extremis* à mettre son plan macabre à exécution. Elle ne pouvait se résoudre à passer à l'action, bien que l'envie fût forte. Elle dit à son père que ça ne valait pas la peine de se tuer pour lui, puisqu'il allait mourir, de toute façon. D'un côté, elle s'en fichait, mais de l'autre, elle avait pitié de lui. Elle finit par le reconduire à la maison et appeler un médecin.

Sur les petites routes de campagne, avec son père qui suffoquait à ses côtés, Nuala n'était pas rassurée mais se consolait de savoir que le camion les suivait. Elle avait peur que son père meure pendant le trajet. Comment parviendrait-elle à poursuivre sa route puis à annoncer à sa mère qu'il y avait un cadavre dans la voiture? Quand elle arriva chez ses parents, Josey les attendait sur le seuil. Elle n'aperçut pas tout de suite Dan.

— Le déjeuner de ton père est prêt!

Puis, voyant son mari gisant dans la voiture, Josey paniqua.

— Qu'est-ce que tu lui as fait? lança-t-elle à Nuala d'une voix accusatrice.

— Maman, il est en train de mourir.

— Non, c'est faux! protesta Josey, qui refusait de regarder la réalité en face. Comment oses-tu dire une chose pareille!

Nuala et le camionneur aidèrent Dan à sortir de la voiture. Il leur fit signe de l'asseoir sur un rebord de fenêtre.

— Appelez un docteur..., souffla-t-il.

Nuala courut chez un voisin téléphoner. À son retour, elle informa sa mère affolée qu'un médecin et un prêtre arrivaient. Josey se mit à nouveau en colère:

— Elle a appelé un prêtre, dit-elle au camionneur. Il n'a pas besoin d'un prêtre !

— Votre fille a eu raison, madame, lui répondit-il gentiment.

Entre-temps, des voisins étaient venus proposer leur aide, et l'on avait porté Dan jusqu'à son lit.

— C'est bon, dit-il à sa femme dans un souffle, je veux voir un prêtre.

Ironiquement, Nuala avait appelé le père McKeague, le prêtre qui avait tenu tête à Dan et refusé de célébrer son mariage avec Paddy. Quand Nuala lui avait dit que son père était mourant, il avait eu l'air d'en douter :

— Tu en es vraiment sûre ? lui avait-il demandé.

Il avait beau ne pas porter Dan dans son cœur, il vint tout de même lui donner l'onction. Nuala détestait son père et n'avait que peu d'estime pour une religion dont on l'avait gavée à l'école, mais elle tenait à ce que Dan reçoive les derniers sacrements.

À ce stade, il sombrait plus ou moins dans l'inconscience. Il ne dit pas un mot au prêtre. Peut-être ne voulait-il pas lui parler. En repartant, le père McKeague serra longuement la main de Josey, l'air grave. Dan échangea en revanche quelques mots avec le médecin, pour lui dire que tout ce qu'il possédait devait revenir à sa femme. Personne ne misa sur le dernier pari de Dan, et Nuala n'alla jamais vérifier si ses « bons tuyaux » avaient gagné la course. Le médecin fit hospitaliser Dan. Ce fut le dernier jour où sa fille dut subir ses coups.

La famille se rassembla tandis que Dan était à l'hôpital. Josey, effondrée, pleurait à longueur de temps. Nuala alla rendre visite à son père à plusieurs reprises. Elle ressentait un besoin viscéral de lui parler de ce mariage qu'il lui avait imposé et qui avait eu de si terribles conséquences pour elle. Pourquoi avait-il fait cela? Comment avait-il pu, en tant que père, seulement songer à gagner de l'argent en la vendant comme une esclave? Elle espérait qu'en tête à tête, elle obtiendrait des réponses à ces questions qui la tourmentaient. C'était sa dernière chance d'obtenir une explication.

Dan respirait grâce à un masque à oxygène. Nuala s'assit à côté de son lit et se pencha vers lui, le regardant droit dans les yeux.

— Papa, tu veux me dire quelque chose? Tu veux me demander pardon, papa?

Elle retira brièvement son masque, mais Dan resta muet. Il se contenta de la fixer. Quelques minutes plus tard, sa sœur Fidelma entra dans la chambre. Dan lui dit quelque chose, et il parla aussi à l'un de ses fils qui vint lui rendre visite. Il refusa toutefois de parler à Nuala.

Dans la soirée, elle demanda à une amie de la conduire à nouveau à l'hôpital. Dan avait beaucoup de mal à respirer et la fin, à n'en pas douter, était proche. Seule avec lui, Nuala insista:

— Tu n'as rien à me dire? Tu ne veux pas me dire que tu es désolé? S'il te plaît, dis-le-moi, papa, que tu es désolé pour ce que tu m'as fait... Tu es en train de mourir, papa. S'il te plaît, dis-le-moi, et je te pardonnerai.

À un moment, il leva la main et lui toucha mollement la joue. Elle ne sait toujours pas s'il s'agissait d'une dernière tentative de gifle ou d'un geste tardif d'affection, d'une demande de pardon.

Nuala ne revit jamais son père vivant. Il ne prononça jamais les mots d'excuse dont elle avait si avidement besoin et qui lui auraient permis de trouver la sérénité. S'il lui avait dit qu'il était désolé, elle l'aurait pardonné, aurait cessé de se tourmenter, et n'aurait pas éprouvé le besoin de raconter son histoire. Cette nuit-là, Dan tomba dans un coma dont il ne se réveilla pas. Nuala fut la dernière personne de sa famille à lui avoir parlé. Le visage accusateur de sa fille fut l'une des dernières images à s'imprimer dans l'esprit de Dan, avant qu'il ne sombre dans l'oubli.

12

La fuite

Il y avait comme une notion d'urgence dans la sonnerie du téléphone, au rez-de-chaussée. Le bruit la tira du sommeil. Nuala était toujours au lit, chez son mari. Elle regarda sa montre : 6 h 30. Paddy était déjà levé. Elle entendit qu'il allait répondre. Elle devinait quel serait le message. Elle distingua ses pas dans l'escalier. Il passa la tête par la porte de la chambre et lui dit :

— Ton père est mort.

C'était la plus extraordinaire nouvelle de toute sa vie. Jamais l'Ange de la Mort n'a dû être aussi bien accueilli. Elle se sentit littéralement libérée d'un poids. Enfin, son bourreau avait rendu l'âme. Elle savait exactement ce qu'elle allait faire : prendre la poudre d'escampette. Elle était sous étroite surveillance dans cette maison depuis deux ans, mais tout cela serait bientôt terminé. Le moment était venu d'exécuter le plan qu'elle avait en tête. Il n'y avait pas de temps à perdre.

Nuala répondit à son mari qu'elle allait se lever et prendre un bain. Sautant de son lit, elle enfila un jean et un sweat-shirt. Elle ne se souciait guère de son apparence : elle ne s'habillait pas pour plaire, mais pour s'en aller de cet endroit. Au bout d'un certain temps, Paddy partit en voiture, sans doute pour les préparatifs de l'enterrement de Dan. Sylvester était aux champs. Nuala avait besoin d'argent pour réussir sa fuite et commencer une nouvelle vie à l'étranger : il faudrait payer le voyage, se nourrir, trouver un toit. Subsister, le temps de décrocher un travail et d'assurer son indépendance financière. Elle savait que Paddy gardait de substantielles économies dans un coffre où il rangeait aussi des documents importants, comme ses polices d'assurances. Il fallait qu'elle mette la main sur cet argent, sinon son plan d'évasion risquait d'être compromis.

Armée d'un pied-de-biche, elle se rendit dans la chambre de Paddy et s'attaqua au coffre – il lui rappelait les coffres au trésor des films de pirates. Elle disposait de peu de temps, elle le savait. Le couvercle finit par céder, révélant une boîte à bijoux dans laquelle se trouvait une liasse de billets. Elle compta avec bonheur un total de mille trois cents livres, ce qui représentait une somme importante à cette époque. Il n'y avait pas à tergiverser : Nuala prit tout l'argent. « *Merci, Paddy !* » Après tout ce qu'elle avait subi, elle avait la conscience en paix. L'heure de la vengeance avait sonné.

Poussée par l'urgence, comme si sa vie en dépendait, Nuala rassembla des vêtements et quelques affaires dans un sac. Sylvester n'était toujours pas rentré. Elle ne pouvait pas prendre le risque de perdre du temps à aller lui dire adieu. Comme il ne savait pas lire, lui laisser un petit mot aurait été inutile, sans compter que Paddy pouvait revenir plus tôt que prévu et le trouver. Elle sortit par la porte principale, descendit en sautillant les élégantes marches en calcaire, et s'élança à petites foulées dans l'allée qui menait à la route. Chaque pas la rapprochait de sa nouvelle vie. « *Je suis libre, je suis libre, je suis libre...* », se répétait-elle gaiement. Elle s'était préparée mentalement pendant des semaines en vue de ce moment. La peur de son père avait été la principale cause de sa soumission dans cette terrible relation. Maintenant qu'il était mort, elle pouvait enfin passer à l'action.

Elle ouvrit l'imposante barrière de la propriété pour la dernière fois, espérait-elle, et se rendit à l'arrêt de bus, craignant à tout moment de voir surgir son mari. Combien de temps patienta-t-elle ? Elle ne le sait plus, mais l'attente lui sembla durer une éternité. Elle pria de toute son âme pour que le bus n'ait pas été retardé. Finalement, le ronflement d'un moteur se fit entendre et elle aperçut le vieux bus vert arriver d'une allure nonchalante. Quelle magnifique vision ! Nuala lui fit signe de s'arrêter et grimpa dans le véhicule avec un immense sentiment de soulagement. Charley lui adressa un salut amical. Le chauffeur la connaissait bien – c'était la fille qui montait souvent dans son bus avec des bleus au visage et sur les bras. Il lui avait posé des questions, un jour, et elle n'avait pas menti sur l'origine de ces marques.

Elle alla s'asseoir au fond du bus et se recroquevilla sur son siège, s'efforçant de passer inaperçue dans cette première étape de son voyage qui allait passer par Knockslattery. À l'approche de la maison familiale, son cœur s'emballa. Par la fenêtre, elle vit des voitures garées devant chez ses parents. Des amis et des proches étaient venus rendre un dernier hommage à Dan. Pensant à sa mère et à l'immense peine qu'elle devait éprouver, Nuala fut prise de remords, mais elle n'avait pas le choix : il fallait qu'elle aille jusqu'au bout. Autant elle aurait voulu pouvoir consoler sa mère, autant il lui était impossible d'abandonner maintenant. Sa fuite était inéluctable. Nuala tenta de repérer la voiture de Paddy, mais il ne semblait pas être là. Tant mieux. La traversée de Knockslattery était risquée : elle aurait pu croiser son mari, ou un voisin aurait pu monter dans le bus et ruiner ses plans. Mais tout se passa sans encombre.

Le bus marqua une pause d'une heure dans une ville située à quelques kilomètres de là. Charley entama la conversation avec Nuala, qui se confia à lui. Elle avait besoin de parler à quelqu'un. Il lui était quasiment inconnu, mais elle sentait qu'elle pouvait lui faire confiance.

— Vous ne me reverrez plus, lui dit-elle.

— Et pourquoi ça, Nuala ?

— Je m'en vais.
— Ah bon?
— Vous voulez une bière?
— Pourquoi pas!

Ils poussèrent la porte d'un pub et Nuala se dirigea vers le coin le plus discret, à l'abri des regards. La serveuse, une femme d'une cinquantaine d'années, les dévisagea d'un drôle d'air en apportant une pinte de Guinness au chauffeur de bus en uniforme et une vodka à la belle adolescente. Ils formaient un couple insolite. Charley paya l'addition. Nuala s'ouvrit à lui des raisons et des circonstances de sa fuite, qui l'empêchait d'assister à l'enterrement de son père. Charley, qui avait toujours été aimable avec elle, l'écoutait désormais avec fascination exposer ses projets.

— Nuala, tu as raison de t'enfuir, lui dit-il. Mais ce que tu me racontes n'est pas très rassurant. Tu n'as que dix-huit ans! Le monde n'est pas tendre, tu sais…

Le soutien moral de Charley réconforta Nuala, malgré la mise en garde qu'il lui adressait. Elle commanda une autre vodka, «pour calmer ses nerfs», mais pas une troisième. En cette journée si importante de son existence, elle voulait plus que jamais garder la tête froide. C'était le premier jour du reste de sa vie, et rien ne devait entraver son envol vers la liberté.

Nuala était toujours aussi nerveuse quand elle remonta dans le bus qui devait repasser devant la maison de ses parents, à Knockslattery. Elle craignait que Paddy ne soit désormais là-bas. Peut-être la cherchait-il déjà – ainsi que son argent –, et il aurait été logique qu'il vienne d'abord vérifier si elle n'était pas chez sa mère. Cette nouvelle étape de son voyage comportait un réel danger. À l'approche de la maison familiale, Nuala, de plus en plus tendue, se recroquevilla encore davantage sur son siège. Par chance, personne au village n'attendait le bus. Charley accéléra, bien conscient des risques auxquels s'exposait sa passagère. Le véhicule passa en trombe devant chez Josey. Nuala n'osa même pas jeter un œil par la fenêtre. Jamais un bus n'avait traversé Knockslattery à si vive allure ! On se serait cru dans un film de Steve McQueen !

Au terminus, la gare d'une grande ville, Charley échangea quelques mots avec Nuala. Il était ému de la savoir à l'aube d'une nouvelle vie. Il la serra dans ses bras et lui souhaita bonne chance :

— Prends bien soin de toi, et que Dieu te protège.

En cet instant crucial, Nuala était heureuse de pouvoir dire au revoir à quelqu'un et de ressentir un peu de chaleur humaine. Charley était le seul à savoir qu'elle partait en exil. Bien des années plus tard, en revenant au pays, elle voulut le retrouver pour le remercier de sa gentillesse, mais elle apprit qu'il était mort.

Après ces touchants adieux, Nuala se dépêcha d'aller prendre un train pour Dublin. Alors qu'il s'ébranlait, elle ne parvenait toujours pas à se sentir sereine. Les choses pouvaient encore mal tourner. À cette heure, Paddy s'était sans doute aperçu qu'elle était partie et, pis encore, avec son argent. Il avait peut-être alerté la police. Nuala regardait autour d'elle nerveusement. À la gare de Dublin, elle alla se renseigner sur les prochains départs de ferrys pour la Grande-Bretagne. Elle acheta un billet pour le lendemain, puis trouva une modeste chambre d'hôte où elle passa une nuit agitée.

Nuala ne se rappelle pas exactement comment elle s'est rendue à l'embarcadère, mais elle se revoit très bien sur le pont du ferry, regardant le quai s'éloigner. À l'horizon, la ligne arrondie des montagnes de Dublin offrait un doux écrin de verdure à l'étendue grise de la ville. Cette vue, des générations d'émigrants avant elle l'avaient contemplée avec des sentiments mêlés, à l'aube d'une nouvelle vie. Elle partageait le même état d'esprit. L'Irlande était la terre qui l'avait vue naître, mais aussi celle qui l'avait brisée. Elle espérait avoir enfin trouvé la liberté. «*Je suis aussi libre que les vagues*», se dit-elle en regardant l'eau tourbillonner dans le sillage du bateau. C'était l'un des plus merveilleux sentiments qu'elle eût jamais éprouvés. Tandis que la côte disparaissait au loin, Nuala leva la main pour faire ses adieux à l'Irlande.

Pour la première fois depuis qu'elle s'était enfuie de chez Paddy, elle se sentait libre. Plus personne ne pouvait la retrouver, sur ce bateau – elle ne voulait pas envisager un tel manque de chance. Pourtant, même en pleine mer, elle continuait de regarder derrière elle. Elle se rendit au bar et commanda un triple brandy. Elle regarda son verre pendant un long moment, puis le but, savourant la sensation d'apaisement que l'alcool lui procurait.

Nuala se sentit un peu perdue en arrivant à Holyhead. À un agent des douanes qui s'étonnait qu'elle ait si peu de bagages, elle répondit qu'elle ne venait que pour deux jours. Bientôt, la jeune fille du petit village rural irlandais où tout le monde se connaissait se retrouverait seule parmi des étrangers dans l'anonymat de l'une des plus grandes villes d'Europe. Le bus qu'elle prit à Holyhead la mena jusqu'au tumulte de la gare routière Victoria, au cœur de Londres. Dans la rue, le spectacle de la ville la saisit – le brouhaha des voitures, les imposants immeubles de bureaux, la foule omniprésente.

Elle trouva un *bed & breakfast* dans le quartier. Toutes sortes d'émotions l'envahissaient : la joie d'être libre, l'angoisse de l'avenir et le vertige de la solitude. Sa mère lui manquait. Son bébé aussi, étonnamment. Elle avait fini par s'attacher à lui, peu à peu. Pour la toute première fois de sa vie, elle était livrée à elle-même. Lors de sa première nuit à Londres, Nuala ne cessa de pleurer. On peut se sentir très seul dans une grande ville inconnue, lorsqu'on ne sait pas de quoi demain sera fait. Sa peur, toutefois, restait contenue. Nuala avait dépassé la plus terrible des craintes, celle de mourir. Elle avait si souvent frôlé la mort que cela ne l'effrayait plus. Et, bien souvent, c'est la peur de ne pas mourir qui l'avait torturée.

Après deux nuits dans le *bed & breakfast*, Nuala trouva un emploi de femme de chambre dans un grand hôtel. Le salaire proposé était modeste, mais le poste offrait un grand avantage : elle était logée sur place. Elle partageait une chambre de service avec une jeune Africaine qui se faisait appeler Michelle, une version anglicisée de son véritable prénom que personne ne parvenait à prononcer. Nuala ne se rappelle pas son pays d'origine. Elle vivait en Grande-Bretagne depuis quelques années, après avoir voyagé dans le monde entier. Michelle, qui était plus âgée que Nuala, la prit sous son aile et lui apprit à déjouer les pièges de la ville. Toutes deux étaient des exilées, des étrangères dans un monde inconnu et potentiellement hostile : ce point commun contribua à les souder.

Lors de son premier jour de travail, la gouvernante expliqua à Nuala en quoi consisterait sa tâche. Puis la jeune fille, munie d'un grand chariot où s'empilaient des draps et des serviettes de toilette, commença à faire les chambres le long d'un immense couloir qui lui semblait sans fin.

Michelle donna quelques conseils à Nuala pour arrondir ses fins de mois.

— Tu sais, chérie, on peut se faire des pourboires, dans ce métier. Mais il faut savoir s'y prendre. Ne sois pas trop familière avec les clients, ils n'aiment pas ça. Ne sois pas trop froide non plus. Souris-leur et sois polie, même s'ils sont insupportables. Si c'est un homme, remue du popotin et fais-lui éventuellement les yeux doux. Mais n'engage pas la conversation : laisse-lui l'initiative, s'il en a envie.

Nuala était intriguée par sa nouvelle amie. Michelle était l'union des contraires. Elle était douce et gentille, tout en pouvant se montrer très dure quand il le fallait. Bien qu'avisée et toujours sur ses gardes, il lui arrivait parfois de commettre des folies. À vingt-sept ans, c'était une femme très séduisante et qui ne faisait pas son âge. Michelle s'est occupée de Nuala à une époque où celle-ci n'avait personne pour veiller sur elle. Elle lui a donné un cours intensif de survie au cœur d'une grande ville : ne fais confiance à personne ; dans les pubs ou dans les boîtes, arrête de boire avant de perdre le contrôle ; ne sors jamais seule.

Un soir, Nuala rentra à l'hôtel après être allée se promener dans les grands magasins d'Oxford Street. Elle était fatiguée – et énervée.

— Ben dis donc, les gens sont vraiment pas sympas dans cette ville ! lança-t-elle à Michelle.

— C'est comme ça dans toutes les grandes villes, trésor. Qu'est-ce qui t'est arrivé ?

— J'attendais le bus avec deux personnes, tout à l'heure, et je leur ai dit : « Quelle belle journée, hein ? » Et tu sais quoi ? Ils m'ont carrément ignorée. Franchement, ça m'a vexée. J'avais envie de leur dire : « Je sens le gaz ou quoi ? »

Michelle la regarda avec de grands yeux.

— Nuala, à Londres, on ne parle pas aux gens aux arrêts de bus, ni dans le métro ni où que ce soit, d'ailleurs. Ça ne se fait pas !

— Michelle, dans mon village, c'est mal élevé de ne pas parler aux gens qui attendent le bus avec toi. Tu passes pour un snob ou ce genre de truc !

— Oui, mais tu ne vis plus dans ton petit village irlandais, tu es à Londres maintenant ! Les Anglais sont coincés. Quand un étranger leur parle, ça les agace. En plus, ils risquent de se méprendre sur tes intentions et croire que tu les dragues ou que tu prépares un sale coup. Ils vont se dire : « Hé, qu'est-ce qu'elle me veut, celle-là ? »

Nuala apprit vite à se comporter en vraie Londonienne, affichant un air distant, ne croisant jamais un regard dans le métro ou le bus, les yeux dans le vide, et surtout – surtout – ne commentant jamais la météo, quand bien même une tornade se serait abattue sur la ville ou une canicule aurait fait des centaines de morts. Elle cultivait l'expression neutre et peu avenante de tous ceux qu'elle voyait dans la rue chaque jour.

Un soir, après le travail, Michelle lui dit :

— Allez viens, on va s'éclater. On sort en boîte !

Vêtues de minijupes et tirées à quatre épingles, les deux amies partirent faire la fête.

— C'est pas parce qu'on est des boniches qu'on ne peut pas avoir l'air de stars ! lança Michelle.

À l'entrée de la discothèque de West End, les videurs tout en muscles étaient impressionnants dans leur costume noir.

— Sainte mère de Dieu, murmura Nuala, ces types ont l'air dangereux ! Tu crois qu'ils vont nous laisser entrer ?

Nuala aurait été à la fois vexée et déçue de se faire refouler.

— Laisse-moi faire…, répondit son amie.

Michelle se dirigea vers l'entrée d'un pas déterminé et adressa un signe de tête assuré aux videurs, qui leur ouvrirent le passage.

— Tu vois ? dit Michelle. C'est facile : il suffit de faire comme si tu étais chez toi.

La salle sombre, les spots clignotants, les vibrations de la musique assourdissante, les corps qui tournoyaient sur la piste bondée… Nuala découvrait un monde entièrement nouveau. C'était le genre d'endroit dont parlaient ses magazines. Elle était fascinée et excitée.

— Tu bois un verre, hein, Nuala ? cria Michelle pour se faire entendre.

— Euh, ouais ! répondit-elle.

« *Si elle savait !* pensa-t-elle. *Est-ce que je bois un verre ? Est-ce que le pape est catholique ?* »

Elles trouvèrent un endroit où s'asseoir tranquillement devant leurs verres de vin blanc.

Un jeune skinhead qui n'était visiblement pas dans son état normal s'approcha d'elles et lança un clin d'œil à Nuala, accompagné d'un signe en direction de la piste. Nuala regarda Michelle, qui secoua la tête.

— C'est à elle que je pose une question, pas à toi, dit le jeune homme au regard lubrique.

— Dégage ! lança Michelle en le fixant droit dans les yeux.

Le type haussa les épaules et repartit en titubant.

— Branleur, murmura Michelle en le regardant s'éloigner.

Nuala en vint à considérer Michelle comme son mentor et sa protectrice. Un soir, dans leur chambre, elle lui avoua qu'elle aimerait fumer un joint.

— Je sais où trouver du shit. Tu me laisses faire, d'accord? Je veux pas que t'aies des ennuis avec des dealers que tu connais pas.

Une heure plus tard, Michelle était de retour. Alors que les deux amies fumaient un joint, Michelle regarda Nuala et lui demanda :

— Qu'est-ce que tu fuis?

— Pardon?

— T'as eu des ennuis avec la police, c'est ça?

— Pas du tout! Qu'est-ce qui te fait penser ça?

— Personne ne t'écrit. T'écris à personne. T'as jamais de coup de téléphone d'Irlande. Et t'appelles jamais personne là-bas non plus. Tu ne parles jamais de toi. T'es vraiment une fille mystérieuse.

— Y a pas vraiment grand-chose à raconter.

— Alors t'as tué personne et t'as braqué aucune banque?

— Michelle, mais pour qui tu me prends?!

— Je sais que c'est pas mes affaires, mais si t'as des problèmes, tu peux m'en parler. On est amies, non? Je garderai ça pour moi. Je veux juste que tu saches que tu peux te confier à moi. Même si t'as dévalisé Fort Knox, je dirai rien!

Nuala tira une longue bouffée sur son joint, pensive.

— D'accord, finit-elle par dire. Je vais tout te raconter.

En entendant le récit de son mariage forcé, Michelle ouvrit de grands yeux consternés. Elles parlèrent jusque tard dans la nuit. Quand Nuala expliqua avoir été ligotée et violée par son mari, Michelle lui dit qu'à sa place elle aurait tué ce salopard.

— Si ça s'était produit en Afrique, il aurait été pendu et écartelé. On l'aurait découpé en morceaux et donné à manger aux chiens. En commençant par ses couilles.

Après avoir découvert ce que Nuala avait subi, Michelle devint encore plus protectrice et maternelle à son égard. Elle aussi devait avoir un passé douloureux, car elle fuyait aussi quelque chose. Nuala voyait en elle une errance fondamentale, un être sans attaches. Michelle avait des petits copains, mais cela ne durait jamais longtemps, même si elle leur disait qu'elle les aimait. Elle savait qu'elle finissait toujours par les quitter.

— J'aimerais bien rencontrer un Arabe, dit-elle un jour à Nuala. Si je me mariais, ce serait avec un Arabe. Au bout de quelques jours, ils se lassent de toi, ils vont en chercher une autre, et toi, tu te retrouves avec plein d'argent!

C'était son fantasme.

Au bout de quelque temps, Michelle et Nuala prirent un petit appartement dans le quartier de Bayswater. Nuala s'habitua rapidement à la vie dans cette ville cosmopolite et multiraciale. C'était si différent de son petit village où il n'y avait que des Blancs, où tout le monde se connaissait, parlait avec le même accent rural, vivait dans la région depuis des générations et allait à la messe le dimanche. Dans l'immeuble où elles habitaient, il y avait beaucoup de nationalités différentes et elle était la seule Blanche. Michelle et elle continuèrent de travailler à l'hôtel pendant un moment, puis elles eurent d'autres petits boulots – principalement de femme de ménage. À cette époque, les offres d'emploi ne manquaient pas.

Michelle continuait de fournir du cannabis à Nuala. Mais le shit avait un inconvénient : si elle en fumait alors qu'elle n'avait pas le moral, elle se sentait encore plus mal, presque suicidaire. Michelle lui rapportait parfois du « speed », qu'il lui arrivait de prendre lorsqu'elle avait beaucoup de travail et qu'elle devait rester éveillée.

Peu à peu, Michelle se sentit frustrée. Sa vie ne lui convenait plus, elle voulait bouger.

— Nuala, si on partait toutes les deux ? On forme une bonne équipe. La vie est faite pour être vécue, et le vaste monde est là, tout autour de nous ! Je connais le continent. J'ai vécu en Hollande et en France. On peut être à Paris en quelques heures. On prend le train jusqu'à Douvres, on va à Calais, et le tour est joué ! On pourrait se balader le long de la Seine, prendre un café en terrasse sur le boulevard Saint-Michel, trouver du travail. Et si on en a marre, on part en stop sur la Côte d'Azur. Imagine tout ce qu'il y a à voir : Cannes, Nice, Monte-Carlo... Ou alors, on va plutôt à Amsterdam. Peut-être qu'on rencontrera deux cheiks des Émirats ? Tu es partante ?

— Oh, Michelle, c'est tentant, mais je ne crois pas être de taille à voyager comme ça, pour l'instant.

— OK. Alors pourquoi pas Manchester ?

Finalement, Nuala décida de rester à Londres. Elle s'était habituée à son nouvel environnement. Michelle et elle se quittèrent avec beaucoup d'émotion.

— Prends soin de toi, chérie. On se donnera des nouvelles et on se reverra. Je t'écrirai.

Nuala reçut quelques lettres de Michelle mais, au bout du compte, elles se perdirent de vue. Nuala cessa de prendre de la drogue après le départ de son amie, mais elle continua de boire. Plus tard, cela devait lui causer de graves problèmes, même si elle n'en avait évidemment aucune idée à l'époque. Elle regretta souvent de ne pas être partie avec Michelle, et d'avoir ainsi raté une occasion unique de découvrir le monde.

Peu après s'être installée à Londres, Nuala écrivit à sa mère pour lui dire que tout allait bien et qu'elle n'avait pas à se faire de souci pour elle. Elle ne lui donna aucune adresse pour éviter que quelqu'un ne vienne la chercher, même avec les meilleures intentions du monde. Et surtout, elle ne tenait pas à ce que Paddy sache où elle habitait. Elle ne craignait pas que sa mère la trahisse, mais elle ne voulait pas prendre le risque que quelqu'un laisse échapper l'information et qu'elle finisse par arriver aux oreilles de son mari. Elle voulait simplement rester cachée quelque temps dans la capitale. Elle avait besoin d'être seule, de mettre de l'ordre dans ses pensées et dans sa vie. Ce n'était pas facile. Il lui était impossible d'oublier ce qu'elle avait subi en Irlande, les souvenirs ne cessaient d'affluer. Son amertume était comme un cancer qui la rongeait. Si son père lui avait parlé sur son lit de mort, cela aurait pu la soulager un peu, mais il s'était tu, et elle souffrait toujours de n'avoir obtenu aucune réponse de sa part.

Elle trouva un petit boulot dans un supermarché tenu par un Pakistanais à qui elle plaisait bien. Au début, elle devait réassortir les rayons, puis elle occupa un poste de caissière. Quand le patron se mit à la draguer, elle démissionna pour aller travailler dans une usine d'emballage de cosmétiques, où elle resta deux mois. Elle se levait à 5 heures du matin et ne partait jamais avant 19 heures. Le soir, épuisée, elle tombait de sommeil à peine rentrée. Elle travailla aussi dans un *bed & breakfast*. Tous ces petits boulots qu'elle enchaînait sans jamais pouvoir se stabiliser ne lui rapportaient pas beaucoup, mais le quotidien restait supportable, d'autant qu'elle pouvait encore compter sur l'argent qu'elle avait volé à Paddy.

Nuala eut un petit ami, Declan, un Irlandais d'une vingtaine d'années qu'elle rencontra un soir dans un pub. Elle avait été charmée par l'attention qu'il lui portait, mais elle ne l'aimait pas vraiment – après tout ce qu'elle avait vécu, elle doutait de pouvoir jamais aimer un homme. Declan lui tenait lieu de compagnon, en quelque sorte. C'était un jeune homme intelligent, et il la poussa à régler ses affaires. Il lui rappela qu'elle avait un fils et qu'elle devait se soucier de son avenir. Un peu plus d'un an après sa fuite, Nuala retourna en Irlande avec Declan, chez des amis de ce dernier qui habitaient dans le comté de Cork. Elle prit alors contact avec le notaire qui avait rédigé l'accord prénuptial.

Il faisait nuit lorsque Nuala descendit du bus à Knockslattery. Le voyage depuis Cork avait été fatigant. La rue principale de son village natal, faiblement éclairée, était déserte. Mais Nuala ne se laissa pas abuser par ce décor : elle savait que, derrière des rideaux de dentelle, une ou deux paires d'yeux au moins observaient son arrivée. Il n'en fallait pas plus pour que la nouvelle du retour de l'enfant prodigue se répande comme une traînée de poudre dans le village. À Knockslattery, il n'y avait pas de secrets. Au matin, tout le monde saurait qu'elle était revenue.

Il y avait plus d'un an qu'elle avait échappé à son mari. Personne n'avait été prévenu de son retour. Elle prit le chemin de la maison où elle avait grandi et frappa à la porte dont elle n'avait jamais eu la clé. La porte s'ouvrit. Sa mère se figea, comme paralysée par la vision qui s'offrait à elle. Pendant un moment, on aurait dit que Josey avait vu un fantôme. Puis elle éclata en sanglots et se jeta au cou de sa fille.

— Oh, merci mon Dieu ! Merci mon Dieu !

— Ça fait une paille, maman.

— Je me suis fait tellement de soucis pour toi…

Nuala entra dans la maison et déposa son sac dans le couloir.

— Ne fais pas de bruit, il dort, dit Josey.

Elle ouvrit doucement la porte de la chambre où le fils de Nuala dormait paisiblement. Nuala le contempla pendant un long moment, observant en détail ses cheveux, son nez, son menton, ses petites mains posées sur la couverture.

— Il a beaucoup grandi en un an, maman, chuchota-t-elle. Il a bonne mine, on dirait. Tu t'en es bien occupée.

Josey et sa fille allèrent boire un thé dans la cuisine.

— Nuala, il y a quelque chose que je n'ai pas digéré, lui dit-elle.

— Quoi donc, maman?

— Tu n'es pas venue à l'enterrement de ton père.

— Il fallait que je m'en aille, maman. Je n'avais pas le choix.

— Quoi qu'il ait pu faire, c'était ton père. Tu lui devais le respect.

— Et moi, est-ce qu'il m'a jamais respectée? Maman, je t'ai toujours dit que je partirais quand il serait mort.

— Tu aurais au moins pu faire une visite.

Josey et sa fille discutèrent pendant des heures. Nuala apprit que sa fuite avait rendu Paddy furieux, non pas qu'elle lui manquât – loin de là –, mais parce qu'il l'avait vécue comme une humiliation publique. Son image en avait pris un coup. Nuala resta quelques semaines chez sa mère. Le soir, elle voyait souvent Carmel, qui lui racontait les derniers ragots tandis que Nuala lui parlait de la vie à Londres. Carmel, qui désormais travaillait, mourait d'envie d'aller en boîte de nuit dans le West End et de découvrir les fameuses boutiques d'Oxford Street.

Nuala se rapprocha de son petit garçon avec qui elle aimait maintenant passer du temps. Elle l'habillait, jouait avec lui, lui donnait à manger et lui parlait. Il n'en demeurait pas moins le symbole vivant des heures noires de son passé. Nuala et sa mère eurent de longues discussions sur l'avenir de Ronan. La jeune fille se sentait toujours incapable de s'occuper à plein temps de son fils.

— Je ne peux pas rester plus longtemps, maman, dit-elle à Josey. Il faut que j'avance dans ma vie. Je te donnerai des nouvelles, mais je ne peux pas vivre ici. J'ai trop de souvenirs dans cette maison.

Elles décidèrent que la meilleure solution était que Josey continue de s'occuper de Ronan. Nuala n'était encore qu'une adolescente. Elle n'avait pas de foyer à lui offrir. Et le petit garçon n'était pas un fardeau pour sa grand-mère, qui était heureuse de l'élever.

Pendant ce temps, Nuala essaya de tirer au clair sa situation légale, soumise au contrat prénuptial dont elle n'avait jamais vraiment compris les termes. Le notaire lui expliqua qu'elle pouvait prétendre à un accord financier en cas de séparation, sous réserve de renoncer à tout héritage ultérieur. La procédure nécessitait plusieurs rendez-vous chez le notaire, dont un face-à-face avec Paddy pour la signature des papiers.

Ce jour-là, Nuala arriva tendue à l'office, et pourtant soulagée de tourner enfin la page d'un chapitre sombre de sa vie. La secrétaire l'accompagna dans un bureau. Paddy était déjà là. Ils ne se saluèrent pas et n'échangèrent aucun mot. Nuala sentait une onde de haine et d'hostilité dans les regards que lui lançait Paddy. Cela le rendait malade de devoir lui lâcher de l'argent, mais l'alternative aurait été qu'elle hérite de ses biens à sa mort, et il refusait cette idée – tout comme elle. Elle ne voulait plus entendre parler de la maison ni de la ferme. Elle voulait seulement recouvrer sa liberté. Ils signèrent les papiers. Nuala reçut la somme prévue et un compte fiduciaire fut ouvert au nom de son fils : Ronan pourrait retirer cet argent à sa majorité.

— J'espère que tu es satisfaite, lança Paddy en quittant l'office notarial. Tu n'apprécieras jamais cet argent !

Dans un sens, il avait raison. Nuala se dépêcha de dépenser son argent. Avec son problème d'alcoolisme grandissant, elle en dilapida une bonne partie dans les pubs et les restaurants.

Son rapport à l'argent se résumait en une phrase : « Il faut s'en débarrasser. » Elle ne comptait pas là-dessus pour trouver le bonheur, comme si l'argent était frappé d'une malédiction. Cela n'a jamais eu beaucoup d'importance pour Nuala. Aujourd'hui, c'est uniquement pour ses enfants qu'elle aimerait en avoir. Pour elle, l'argent reste entaché du sceau du mal : la cupidité ne conduit-elle pas à tuer ou à commettre des actes monstrueux ? Elle n'oubliera jamais qu'elle a été vendue pour de l'argent.

Nuala croisa à nouveau brièvement son mari lors d'une audience devant le tribunal de Dublin, pour confier officiellement la garde de son fils à Josey. Elle était venue de Cork en avion, le moyen de transport le plus cher, fidèle à son principe de dépenser l'argent de son mari le plus vite possible. Au tribunal, le juge la sermonna, lui demandant quel genre de mère pouvait bien abandonner son enfant. Elle répondit que c'était difficile à expliquer. Puis le juge demanda au père de s'avancer. En voyant se lever le vieil homme, le magistrat ouvrit de grands yeux. Il ne formula plus aucune critique à l'égard de Nuala.

13

La dernière visite

C'était l'été 1996, près d'un quart de siècle après son mariage. Le soleil brillait dans le ciel bleu, un peu comme le jour où Nuala et son père avaient rencontré Paddy McGorril, l'homme dont le souvenir la hantait encore. Dans la campagne que sillonnait le taxi de Nuala et de son amie Marion, les arbres et les haies étaient en fleurs. À mesure qu'elles approchaient de leur destination, Nuala se sentait de plus en plus tendue.

— Est-ce que tu es vraiment sûre de vouloir y aller? lui demanda Marion, sentant son malaise.

— Il le faut, répondit Nuala.

— D'accord. Mais puisque tu as pris ta décision, détends-toi. Ça ne sert à rien de stresser.

— Les routes sont bien meilleures que dans les années 1970, remarqua Nuala. Il y avait beaucoup de chemins de terre, à l'époque. Et je vois plein de belles maisons et de voitures neuves. Plus personne ne conduit de vieux tacots comme celui de mon père.

— Tous ces changements, c'est l'économie du Tigre celtique ! Et il y a aussi les subventions de Bruxelles. Nuala, ça fait trop longtemps que tu es partie !

— Si mon père était encore de ce monde, il serait sûrement en train de chercher des combines pour arnaquer Bruxelles, commenta Nuala avec un sourire ironique.

Nuala avait bien changé elle aussi, depuis toutes ces années. L'adolescente un peu gauche et garçon manqué, dont la vie avait volé en éclats sous les machinations de son père, avait disparu. C'était désormais une femme mûre et expérimentée, une mère de famille de quarante-cinq ans, sobrement vêtue d'un élégant tailleur noir et d'un chemisier blanc.

— Vous êtes arrivées, dit le chauffeur de taxi en se garant devant une grande maison de maître qui dominait un parc impeccable.

Nuala inspira profondément. Malgré la chaleur estivale, elle frissonnait.

— Tu veux que je t'accompagne ? demanda Marion.

— Non, répondit Nuala. Je dois y aller seule, c'est important.

Mais elle était heureuse d'avoir son amie à ses côtés en ce jour particulier. Marion comprenait tout. Elle serait toujours là pour elle. Mais cette visite, Nuala devait l'assumer seule.

À l'entrée de la maison de retraite, une infirmière l'accueillit avec un grand sourire amical.

— Je viens voir l'un de vos résidents, dit Nuala.

— Son nom, s'il vous plaît?

— Patrick McGorril.

— Ah oui. Paddy vient de finir de déjeuner et sera bientôt dans la salle de séjour, vous pourrez le voir là-bas. Je vous accompagnerai. Vous êtes sa fille, je suppose?

— Non, sa femme.

L'infirmière fronça les sourcils, l'air confus.

— Je crains que vous ne fassiez erreur, dit-elle. Vous n'êtes peut-être pas dans le bon établissement. Notre Patrick McGorril à nous est un très vieux monsieur…

— C'est bien cela. Mon mari a près de quatre-vingt-dix ans.

Son interlocutrice paraissait de plus en plus décontenancée, mais Nuala n'avait pas envie de se lancer dans des explications. L'infirmière l'emmena voir la chambre de Paddy, meublée de manière simple, mais confortable, avec un lit, une penderie et deux chaises.

Les deux femmes s'assirent un instant pour discuter. Nuala devinait les pensées de l'infirmière. « *Comment diable en est-elle venue à épouser cet homme?* », devait-elle se demander sans oser poser la question. Nuala était très curieuse de savoir à quoi ressemblait désormais Paddy. Elle ne l'avait pas vu depuis plus de vingt ans, lorsqu'ils étaient parvenus à l'accord légal concernant leur séparation et la garde de leur fils. L'infirmière lui expliqua qu'il était très faible et que ses jours étaient sans doute comptés. Elle l'accompagna ensuite dans la salle de séjour, une vaste pièce où se trouvaient de nombreuses personnes âgées. Nuala resta sur le pas de la porte. Puis elle le vit.

Il marchait d'un pas lent, comme les gens de son âge. Il avait beau lui tourner le dos, elle le reconnut tout de suite. L'infirmière s'apprêtait à lui indiquer de qui il s'agissait, mais Nuala lui fit comprendre que c'était inutile.

— C'est lui, là-bas, dit-elle.

Il portait une veste à carreaux et un pantalon gris. Elle l'observa pendant un long moment. Puis il se retourna, la vit et ne la quitta plus des yeux. Il ne prononça pas un mot, le regard fixé sur celle qui était encore sa femme, d'un point de vue légal. Nuala n'eut aucun doute : il l'avait reconnue. Le choc de cette présence inattendue lui avait fait ouvrir de grands yeux. S'il avait dit quelque chose, elle lui aurait sans doute parlé, mais il n'y avait entre eux que le silence. Ils n'avaient jamais eu grand-chose à se dire lorsqu'ils vivaient ensemble. Et moins encore, maintenant.

— Je me demande s'il vous reconnaît…, murmura l'infirmière.

Nuala lui répondit qu'il savait très bien qui elle était.

— Vous voyez comme il me regarde ?

Ils ne se tenaient qu'à quelques mètres l'un de l'autre. L'homme qui aimait se vanter de l'avoir achetée, qui l'avait ligotée, violée et battue, semblait désormais si faible et vulnérable. Devant ce vieillard chétif, Nuala perdit toute velléité de confrontation. Elle savait qu'il n'en avait plus pour longtemps. Elle aurait voulu lui demander : « Pourquoi est-ce que tu m'as fait subir toutes ces horreurs, salaud ? » Il y avait tellement de choses qu'elle aurait voulu lui dire. Mais à le voir si frêle, elle renonça. Une partie d'elle le détestait, l'autre avait pitié de lui.

— Vous voulez lui dire quelque chose, Mrs McGorril ? lui demanda l'infirmière tout bas.

Nuala secoua la tête en silence. Bouleversée, elle était incapable de parler. Après ce qui lui parut une éternité, elle s'en alla, en pleurs, sans avoir pu dire un mot à Paddy. Son mutisme et son trouble surprirent l'infirmière, qui comprit qu'ils cachaient des mystères et des blessures qu'elle ne pouvait imaginer.

Nuala était dans un tel désarroi que l'infirmière lui proposa gentiment d'aller prendre l'air dans le parc. Si elle le souhaitait, elle pouvait revenir et discuter avec cet homme, son mari, dont la vie touchait à sa fin. C'était peut-être la dernière chance, pour Nuala, de parler à celui qui avait pesé d'un tel poids dans son existence. Elle aurait aimé obtenir des réponses à tant de questions. Pourquoi avait-il gâché sa vie ? Avait-il conscience de l'avoir menée au bord du suicide et de lui avoir volé tout espoir d'être une femme heureuse et accomplie ? Savait-il qu'elle était toujours hantée par ce qu'il lui avait fait, qu'il l'avait traumatisée à vie ? Avait-il des regrets ou des remords, maintenant que sa propre vie le quittait ? Ils n'avaient jamais eu de conversation digne de ce nom, lorsqu'ils vivaient ensemble dans cette grande et vieille demeure. Elle avait tant de questions à lui poser. Mais surtout, elle aurait aimé qu'il lui demande pardon.

Décidant de suivre le conseil de l'infirmière, Nuala sortit marcher dans le parc, confuse et tourmentée. Les souvenirs de sa vie passée, que cette visite avait réveillés, déchaînèrent des torrents de larmes. Puis elle eut l'impression qu'on l'épiait. Regardant autour d'elle, elle vit que Paddy l'observait par une fenêtre. Tandis qu'elle marchait doucement, il la suivait des yeux, avançant à pas traînants dans un couloir du rez-de-chaussée dont les fenêtres donnaient sur le parc. Que pouvait-il bien se passer dans son esprit ? Impossible de le dire. C'était une sensation étrange et perturbante que d'être observée par cet homme qui l'avait violée toutes ces années plus tôt. Un peu comme une traque, mais menée par une créature morne et agonisante qui ne représentait plus aucune menace physique. Paddy lui faisait l'effet d'une ombre qui planait sur elle. Bizarrement, il lui inspirait de la peine, malgré tout ce qu'elle avait vécu.

Elle ne pouvait pas retourner le voir. Elle alla trouver l'infirmière et lui dit de manière assez directe qu'elle ne voulait pas parler à son mari et qu'elle devait partir. Elle sentit que l'infirmière brûlait d'en savoir plus, mais elle n'avait pas le cœur à se confier.

— Si vous avez besoin d'informations le concernant, adressez-vous à sa famille, dit-elle à l'infirmière. Et s'il arrive quoi que ce soit, j'aimerais être tenue au courant, ajouta-t-elle en lui laissant son numéro de téléphone.

Elle devait maintenant partir au plus vite, elle le sentait. Elle sortit et se dépêcha de quitter les lieux pour ne jamais y revenir. C'était la dernière fois qu'elle verrait son violeur.

En arrivant à la voiture, elle lança à son amie, le visage plein de larmes :

— Marion, s'il te plaît, emmène-moi vite loin d'ici. S'il te plaît…

Elle se demandait si Paddy avait eu peur en la voyant. Au plus profond de sa détresse, elle lui avait souvent dit qu'un jour elle le tuerait. Avait-il pu penser qu'elle revenait accomplir sa vengeance ? Pendant des semaines, après cette visite, Nuala eut régulièrement des cauchemars. Tous les traumatismes qu'elle avait essayé d'oublier revenaient à la charge. Les pires moments de sa vie affluaient, la peur, les tentatives de suicide, l'enfant qu'elle ne voulait pas, et surtout le premier viol. Elle se réveillait en hurlant au milieu de la nuit, en proie à des sueurs froides : « Non, arrête, arrête, ne m'attache pas ! » Pendant plusieurs nuits d'affilée, elle eut une sorte d'apparition dans laquelle elle voyait son mari et lui criait : « C'est lui, c'est lui ! » Son compagnon s'inquiétait beaucoup et tentait de l'apaiser. Nuala faillit tomber en dépression nerveuse. D'une certaine manière, même au seuil de la mort, Paddy continuait de la torturer.

Pendant des années, Nuala avait essayé de trouver un semblant de sérénité en faisant la paix avec son passé. À force d'y travailler, elle avait réalisé des progrès mais restait vulnérable, comme le souligna l'épisode de la maison de retraite. La vie n'avait pas été facile pour elle. Après avoir assuré l'avenir de son fils dans les années 1970 et fait ses adieux à Knockslattery, elle avait tenté de vivre sa vie du mieux qu'elle pouvait, à divers endroits, mais son passé ne cessa jamais de la hanter.

Declan et elle vécurent ensemble un certain temps et eurent des enfants, mais Nuala avait beaucoup de mal à s'investir dans une relation. Quand ils se séparèrent, elle rencontra un autre homme avec qui elle eut également des enfants. Elle vit toujours avec lui et élève les enfants de ses deux compagnons. Ils habitent une modeste maison de banlieue, dans un endroit qu'elle préfère tenir secret. Ils ne roulent pas sur l'or, mais ils s'en sortent. Ses enfants se débrouillent bien à l'école et elle est fière d'eux.

Nuala est restée en contact avec Ronan, qui vit en Angleterre où sa grand-mère l'a emmené dans les années 1980. Une fois veuve, Josey avait en effet décidé de s'installer à Londres, où vivaient la plupart de ses enfants. Nuala et Ronan s'appellent de temps à autre. Nuala et sa vieille copine Carmel ont également continué de s'appeler pour se donner des nouvelles et parler du bon vieux temps. Après le lycée, Carmel est entrée dans la vie active et a fondé une famille. Sa mort à un âge précoce, durant l'été 1998, a profondément affecté Nuala. Carmel espérait vivre assez longtemps pour voir la publication de ce livre, mais le destin en avait décidé autrement. Larry, l'ancien petit ami de Nuala, a hérité d'une ferme prospère qui lui rapporte beaucoup d'argent. Il est toujours heureux auprès de son épouse Evelyn et de leur grande famille.

Nuala a pris à bras-le-corps son problème d'alcool, qui remonte au début de son mariage, en s'inscrivant aux Alcooliques anonymes. Au moment d'écrire ce livre, elle est sobre et se bat jour après jour pour vaincre sa dépendance. Elle est toujours hantée par les événements douloureux de sa jeunesse. Elle admet avoir voulu se tuer plusieurs fois. Étant donné ce qu'elle a vécu, l'association The Samaritans[1] lui a proposé de rejoindre le rang de ses bénévoles. Elle s'est engagée, jusqu'au jour où l'une des personnes qu'elle aidait s'est suicidée. Elle n'a pas pu le supporter.

Mais la vie lui a aussi réservé des joies. Elle a des enfants qu'elle adore et qui le lui rendent bien. Cette vie de famille bien remplie l'aide à ne pas trop se laisser engloutir par son passé. En s'organisant bien, elle a réussi à prendre un travail à temps partiel. Elle a des amis proches sur lesquels elle peut compter et qui lui ont été d'un précieux soutien. Son sens de l'humour et de la dérision l'a beaucoup aidée à continuer de vivre.

L'infirmière ne s'était pas trompée à propos de Paddy. Il ne lui restait plus que quelques mois à vivre. À l'approche de Noël, Nuala était chez elle en train d'aider ses enfants à ouvrir

1. Association d'écoute de personnes en détresse créée en 1953 et très populaire en Grande-Bretagne.(*N.d.T.*)

leurs tirelires lorsque le téléphone sonna. C'est un parent, un homme peu loquace, qui lui apprit la nouvelle d'une phrase laconique :

— Te voilà à nouveau célibataire.

L'annonce de la mort de Paddy fut pour elle le plus beau des cadeaux de Noël. Elle poussa un cri de joie. C'était comme si on l'avait délestée d'un énorme poids. Elle sauta partout dans la maison en s'écriant : « Je suis libre ! Je suis libre ! » – ces mêmes mots que, bien des années plus tôt, elle avait prononcés en prenant la fuite. Ses enfants la regardèrent avec de grands yeux : « Qu'est-ce qui se passe, maman ? »

Ronan, qui était devenu un beau jeune homme de vingt et un ans, appela à son tour Nuala, bouleversé. Il s'était rendu en Irlande dans l'espoir de voir son père une dernière fois. Leur seule et unique rencontre remontait à dix ans, lorsque Ronan avait fait sa confirmation. Ce jour-là, il était allé voir son père dans un pub, où ils avaient discuté quelques minutes. Paddy lui avait donné un peu d'argent. Leur relation se résumait à peu de chose. Ronan était retourné plusieurs fois en Irlande dans les années 1990 sans voir son père – qui n'avait pas cherché lui non plus à prendre contact avec lui. Avant que Paddy ne meure, son fils voulait le revoir et parler avec lui. Mais il était arrivé trop tard. À un jour près, il aurait pu espérer avoir une conversation avec Paddy sur son lit de mort. Qui sait ce que son père lui aurait révélé des circonstances de sa naissance et de sa relation tumultueuse avec Nuala ? Quand Ronan avait appelé la maison de retraite, une personne lui avait annoncé que Paddy venait de mourir et que son corps serait exposé dans une chapelle funéraire voisine.

Au téléphone, Ronan était en larmes. La vision du cadavre de son père l'avait bouleversé. Il dit à Nuala que Paddy avait le front balafré, comme s'il s'était blessé en tombant. Il lui avoua également que son père n'avait pas l'air en paix. Son visage exprimait un mélange de surprise et de frayeur, à la manière d'un homme qu'on aurait assassiné – comme dans un film d'horreur. L'un des frères de Nuala, qui était allé rendre une visite mortuaire à Paddy, lui rapporta la même chose. Paddy était mort dans son lit et avait reçu les meilleurs soins, mais son cadavre laissait penser qu'il avait eu une mort atroce.

— Je vais aller le voir, dit Nuala à son compagnon.

— Non, Nuala, n'y va pas, lui conseilla-t-il.

Il lui rappela que leur dernière rencontre, alors qu'il était en vie, avait failli lui coûter une dépression nerveuse et qu'il lui avait fallu des semaines pour s'en remettre. Si elle le voyait mort, elle craquerait à nouveau.

Ronan vint rendre visite à sa mère après la mort de son père. Il avait besoin de lui parler. Au fil des années, elle lui avait livré quelques bribes de son histoire avec Paddy. Il savait qu'elle avait été mariée de force. Désormais, elle allait lui raconter toute l'histoire, y compris les viols. Elle n'était pas sûre que son fils ait jamais su cela – peut-être un membre de la famille lui en avait-il parlé. En tout cas, pour la première fois, il entendit de la bouche de sa propre mère le récit du calvaire qui avait conduit à sa conception. Nuala décrit son fils comme un garçon taciturne, qui exprime ses sentiments négatifs par le silence. Il ne dit pas grand-chose en l'écoutant, mais elle sentit la colère qu'il éprouvait envers Paddy et Dan pour ce qu'ils lui avaient fait subir. Quand elle eut terminé son histoire, il resta un moment silencieux. Très touché, il tentait de maîtriser ses émotions. Puis il exprima son regret de ne pas avoir su toute la vérité du vivant de son père. Il aurait tellement aimé avoir une discussion d'homme à homme avec Paddy et Dan ! Il aurait voulu obtenir des explications. Il aurait voulu pouvoir faire quelque chose.

Nuala essaya d'expliquer à Ronan pourquoi elle l'avait abandonné.

— Ce n'est pas que je ne t'aimais pas. Mais je ne savais pas comment réagir, et tu étais né d'un viol.

Le viol y était pour beaucoup, lui dit-elle. Elle expliqua à Ronan qu'elle ne l'avait jamais détesté, malgré tout ce qu'elle avait pu dire à l'époque en raison de son mal-être. Il fallait qu'elle s'enfuie, c'était une question de vie ou de mort. Comment aurait-elle repris sa liberté avec un bébé ? Où serait-elle allée ? Son fils représentait un obstacle insurmontable. Si elle l'avait gardé, il se serait créé entre eux un lien aussi fort que celui qui existait avec ses autres enfants, qu'elle n'aurait pas pu rompre par la suite. Elle devait éviter d'en arriver là tant qu'il était encore temps. Voilà ce qu'elle essaya d'expliquer à Ronan ce jour-là, tandis qu'ils n'étaient que tous les deux, assis au salon. Nuala percevait son fils comme un garçon affectueux et très profond, pas du tout agressif. Il ne parla pas beaucoup. Elle eut l'impression qu'il l'avait comprise. Et puis, il s'en alla.

Nuala pensa un moment se rendre aux funérailles de Paddy en robe blanche et jeter une rose noire – si toutefois elle en trouvait une – sur son cercueil, ultime geste de mépris. Mais finalement, elle estima qu'il valait mieux ne pas y assister. Plus tard, elle se rendit sur la tombe de Paddy, dans le petit cimetière attenant à l'église de Dunkellin où il avait exhibé pour la première fois sa jeune épouse revêche à la messe du dimanche. Elle savait que c'était absurde, mais en s'agenouillant sur l'herbe près de sa dernière demeure, elle se mit à pleurer en lui posant les questions qu'elle avait voulu lui soumettre de son vivant. Pourquoi avait-il ruiné sa vie ? Pourquoi lui avait-il infligé toutes ces horreurs ? Éprouvait-il seulement des remords ?

ÉPILOGUE

Nuala ne trouva pas la paix avec la mort de Paddy. Elle n'était toujours pas prête à pardonner. Le jour où elle apprit qu'il s'était éteint, elle pria pour qu'il aille en enfer. Et quand Ronan l'appela en pleurs, elle lui dit :

— Ne pleure pas pour lui, il est en enfer. Il brûle avec mon père en enfer.

Voilà ce qu'elle dit aujourd'hui : « Il paraît que peu de gens contemplent le visage de Dieu, mais lui, il ne risque pas de le voir. Pas plus que mon père. Tous les deux ne méritent que l'enfer. Je ne vais pas à l'église, mais je crois à une vie après la mort. Je prie Dieu à ma façon, et je lui parle. L'un de mes frères est un fervent chrétien, et il m'appelait souvent au petit matin pour me parler de ses cauchemars, dans lesquels il voyait mon père condamné à rester en enfer à cause de moi. Je lui répondais : "Eh bien, qu'il y reste !" Ça choquait mon frère... Il me traitait de sataniste !

« Quand McGorril est mort, tout ce que j'espérais, c'était qu'il paie pour ses péchés. Je ne pourrai jamais cesser de le haïr. Cela me suivra jusqu'à la tombe. J'ai essayé de comprendre. J'ai essayé de me dire qu'il avait lui-même été battu par son père lorsqu'il était enfant, et que ça l'avait peut-être marqué durablement. J'ai fait une retraite dans un monastère, j'ai rencontré des moines pour essayer de chasser cette haine en moi. On m'avait dit que leurs mots et leurs prières aident à pardonner ceux qui vous ont fait du mal. Avec moi, ça n'a pas fonctionné. J'en suis repartie tout aussi haineuse. Un moine m'a dit que j'emporterais ces sentiments dans la tombe. Je suis allée à des réunions de prière près de chez moi, où les prêtres m'ont dit: "Si vous ne pouvez pas pardonner, vous ne pouvez pas pardonner. Ce n'est pas un péché. Peut-être que lorsque vous vieillirez, vous vous en sentirez capable." Cela fait maintenant plus de vingt ans, et je le déteste toujours autant. Il paraît qu'on peut tout pardonner, mais je n'en sais rien. Je crois que j'aurais pardonné plus facilement un meurtre. J'ai l'impression que ce que j'ai vécu m'a marquée à vie. Je vis au jour le jour. Par moments, à certaines dates, à certaines périodes de l'année, tout me revient. J'ai des *flash-back*. Le souvenir des viols sera là pour le restant de mes jours.

«J'ai vécu un véritable enfer qui n'en finissait pas. Ils auraient mieux fait de me tuer. J'avais envie de mourir. Chaque soir, quand je m'endormais, je priais pour ne pas me réveiller le lendemain, et à chaque fois que j'en ai eu l'occasion, j'ai essayé de me tuer. Alors, non, je ne lui pardonnerai jamais. Si j'apprenais qu'une femme vivait cela aujourd'hui, je crois que je pourrais envoyer moi-même son bourreau dans l'autre monde. Personne, ni en Irlande ni ailleurs, ne devrait avoir à vivre cela. Même les sauvages ne se comportent pas comme ça! Les Irlandaises ont toujours entendu qu'elles se mariaient pour le meilleur et pour le pire. J'ai vu ma propre mère se faire battre et l'accepter. Moi aussi, on m'avait dit d'accepter. Comment avoir le moindre respect pour de telles absurdités? Je n'ai aucune affection pour McGorril ni pour mon père. De temps en temps, mon compagnon va à l'église allumer un cierge en mémoire de ses proches, et il me demande: "Tu ne veux pas en allumer un, toi aussi?" Je lui réponds toujours: "Non, je ne veux pas jouer les hypocrites."»

Nuala a essayé de trouver un moyen de pardonner: c'est peut-être déjà là une forme de pardon. Peut-être qu'avec le temps, quand elle sera plus âgée, la haine et le ressentiment s'atténueront. Pour tenter de faire la paix avec son passé, Nuala s'est tournée vers des psychologues, dont un lui a conseillé de raconter son histoire d'une manière ou d'une autre, afin d'exorciser sa souffrance. C'est ainsi qu'en juin 1997, elle décida d'appeler la rédaction du journal qui s'était fait l'écho de son calvaire, plus de vingt-deux ans auparavant. Son appel fut transmis à un collègue qui n'était pas à son bureau au moment où le téléphone sonna. C'est moi qui décrochai: voilà comment Nuala se retrouva à parler à l'auteur de l'article paru dans les années 1970. Elle m'expliqua qu'il n'avait abordé que la surface des choses, et qu'il y avait encore beaucoup à dire.

Au fil des années, après avoir écrit cet article, toutes sortes de choses m'avaient fait penser à Nuala. Si j'entendais parler de la région où elle habitait, ou de mariages arrangés, ou encore de *Sive*, la pièce écrite par John B. Keane dans les années 1950, son histoire me venait à l'esprit. Je me rappelle avoir discuté avec le grand dramaturge irlandais quand je faisais des recherches pour mon article, à l'époque. Il m'avait dit que l'histoire de Nuala ressemblait à celle de son personnage, Sive, une innocente jeune fille qu'un marieur intrigant veut vendre comme épouse à un vieil homme lubrique. La différence étant que, dans le cas de Nuala, le marieur n'était autre que son propre père. La réalité dépasse parfois la fiction.

Nuala avait appelé un vendredi après-midi, et nous convînmes de nous rencontrer quelques jours plus tard. Je me rendis à l'hôtel où nous avions rendez-vous et patientai près de trois quarts d'heure. Aucun signe de Nuala. Je commençais à douter : avait-elle renoncé à venir ? Le poids de « l'omerta » irlandaise avait-il finalement eu raison d'elle ? J'étais sur le point de partir lorsqu'une femme d'une quarantaine d'années entra d'un pas hésitant dans le bar de l'hôtel. Elle paraissait sereine, mais grave. Nos regards se croisèrent et nous nous fîmes un signe de tête, nous reconnaissant d'instinct.

Je la trouvai belle, avec un air de Jessica Lange. Toutefois, ses traits trahissaient les ravages d'une vie tourmentée. Je me dis qu'elle avait dû être une adolescente superbe. Elle s'assit et je lui commandai un verre. Son mariage précoce ne lui avait pas offert l'opportunité de terminer ses études, mais en discutant avec elle, je compris vite que c'était une femme intelligente et qui s'exprimait bien. Elle s'était instruite par elle-même. Elle me dit qu'elle n'était pas certaine de vouloir que son histoire soit publiée. Même si son anonymat était préservé, cela représentait un cap difficile à franchir. Le simple fait de me parler, là, dans cet hôtel, était un grand pas pour elle ! Elle posa deux conditions préalables : d'abord, je devrais attendre qu'elle soit prête à publier son histoire ; ensuite, le cas échéant, les noms devraient être modifiés, pour protéger ses enfants.

Finalement, elle accepta de contribuer à un article qui parut en deux parties dans le *Sunday World* en août 1997, et de collaborer à l'écriture de ce livre. Après la publication de l'article, Nuala reçut des menaces de mort par téléphone de la part d'un mystérieux inconnu. Malgré cela, elle est heureuse d'avoir rendu publique son histoire, et j'étais vraiment ravi quand elle m'a dit que cette décision lui avait donné du courage et l'avait aidée à reprendre confiance en elle. Le psychologue qui lui a conseillé de raconter son histoire avait peut-être raison, après tout. Le fait d'avoir extériorisé tout cela lui a peut-être finalement permis de faire taire quelque peu les fantômes de son passé.

J'aime à penser qu'une relation de confiance s'est nouée entre nous au fil de nos rencontres et de nos conversations téléphoniques, et que nous sommes devenus amis. Peu à peu, j'ai appris à mieux la connaître et – même si elle ne prétend pas être une sainte – à apprécier ses formidables qualités : son sens de l'humour, sa gentillesse, son caractère plein d'entrain, sa sensibilité, son empathie et, plus encore, son incroyable force. Malgré les événements terribles qu'elle me racontait, et bien qu'elle ait été parfois bouleversée à l'évocation de certains souvenirs, d'autres moments plus légers ont aussi été marqués par de grands éclats de rire. C'était un peu comme si un rescapé des camps nazis me racontait le côté amusant de Dachau ou d'Auschwitz. Peut-être que cet humour noir, cette capacité à rire au plus profond de l'angoisse, est l'une des qualités qui l'ont aidée à s'en sortir. Un jour, elle me rapporta ce mot d'un ancien voisin – et je comprends tout à fait ce qu'il voulait dire : « Nuala, tu n'as jamais perdu ton sens de l'humour. Il ne te quittera jamais. On peut te briser le cœur, mais on ne te cassera jamais le moral. »

En travaillant à la rédaction de ce livre, j'ai eu envie de découvrir les différents lieux dont me parlait Nuala. J'ai vu la maison où elle a grandi, la petite église de campagne où elle s'est mariée et la grande demeure isolée où elle a vécu avec son mari. Cette dernière m'a donné l'impression d'une maison hantée, peut-être parce que je connaissais les sinistres événements qui s'y étaient déroulés. J'ai rencontré Sylvester, qui s'est empressé de me demander des nouvelles de Nuala. J'ai également discuté par téléphone avec l'un des fils de Paddy, que je remercie pour l'accueil qu'il m'a réservé.

Il serait sans doute trop simple de qualifier de monstres les bourreaux de Nuala. C'étaient des hommes de leur temps, pas totalement dénués de qualités humaines et appréciés dans leurs petites communautés rurales. Le problème est peut-être qu'ils ont poussé à l'extrême certaines idées et valeurs traditionnelles. Ces hommes ont grandi dans une Irlande où certains parents considéraient leurs enfants comme leurs biens, où les jeunes étaient censés respecter père et mère et leur obéir, sous peine de recevoir une bonne correction. Dans beaucoup de familles comme à l'école, y compris les écoles religieuses, les châtiments corporels étaient la norme. C'était avant le féminisme, une époque marquée par une autorité forte. Beaucoup d'hommes estimaient normal que leurs épouses soient soumises et assouvissent leurs désirs sexuels quand ils le souhaitaient, et sans se plaindre. Il n'y a qu'un pas entre ces valeurs traditionnelles et l'homme qui décide un jour de choisir un mari pour sa fille et l'oblige à l'épouser sous la menace. Il n'y a aussi qu'un pas entre cette vision des choses et l'homme qui considère son épouse comme un bien dont il peut disposer à volonté. Les racines du mal qui a frappé Nuala se cachent dans les recoins les plus sombres de la société irlandaise elle-même.

Il y a quelques années, une amie très proche de Nuala, qu'un cancer allait emporter, l'exhorta sur son lit de mort : « Raconte ton histoire, Nuala. Raconte au monde entier ce qu'ils t'ont fait. » Près d'un quart de siècle après ces terribles événements, et après beaucoup de questionnements, Nuala l'a enfin racontée.

Table

COLLECTION « TÉMOIGNAGES »
CHEZ LE MÊME ÉDITEUR

Nura ABDI, *Larmes de sable*, 2008.
Sameem ALI, *Le Voile de la douleur*, 2013.
Candice COHEN-AHNINE, *Rendez-moi ma fille*, 2014.
Choga Regina EGBEME, *Je suis née au harem*, 2007.
Amale EL ATRASSI, *Louve musulmane*, 2013.
Cathy GLASS, *Violentée*, 2013.
Cathy GLASS, *Ne dis rien*, 2014.
Doris GLÜCK, *Niqab*, 2011.
Julie GREGORY, *Ma mère, mon bourreau*, 2011.
Kathy HARRISON, *Les Larmes de Daisy*, 2014.
Sharon MCGOVERN, *Terrifiée*, 2014.
Senait MEHARI, *Cœur de feu*, 2009.
Mende NAZER, *Ma vie d'esclave*, 2008.
Ouarda SAILLO, *J'avais 5 ans*, 2010.
Raluca STERIAN-NATHAN, *L'Âme tatouée*, 2013.
Jacky TREVANE, *Fatwa*, 2008.
Judy WESTWATER, *Abandonnée*, 2011.

Raluca Sterian-Nathan

L'ÂME TATOUÉE

« J'ai tout perdu, sauf mon accent », aime à dire Raluca Sterian-Nathan, née à Bucarest quelques années avant que le totalitarisme stalinien s'empare de sa patrie exsangue.

Dans son pays, où « le rire est interdit, sauf s'il est marxiste », la jeune Raluca, malgré la faim, l'angoisse et la solitude, brûle ses jeunes années, collectionnant défis et aventures.

À 14 ans, le drame survient, qui la marquera pour la vie. Pour devenir comédienne, elle devra faire oublier ses origines bourgeoises, à raison d'une année de travail en usine et de séances répétées de lavage de cerveau. À ce prix seulement, elle pourra monter sur la scène du théâtre d'État. Jusqu'à ce que la Securitate décide de l'interroger…

Parviendra-t-elle à fuir pour la France, le pays dont elle rêve? Un pays où, peut-être, l'amour et la fortune l'attendent. Voici un récit poignant où le courage et l'humour narguent la détresse. Une grande leçon d'espoir.

Née à Bucarest, ***Raluca Sterian-Nathan*** *s'est illustrée au théâtre dans des œuvres de Brecht* (Mère Courage) *ou d'Ibsen* (Peer Gynt). *Mariée à l'éditeur Jean-Jacques Nathan, elle a été productrice de films de télévision, tel* Guillaume le Conquérant *diffusé sur FR3* (1982). *Auteur du* Sang de l'espoir, *Samuel Pisar, qui a préfacé ce livre, est avocat international.*

« *L'Âme tatouée*, c'est Alice au pays des merveilles et des horreurs. On termine la lecture dans un état second. Sonné et heureux. »
André Bercoff

978-2-35287-554-3 / H 51-3035-6 / 336 pages / 7,65 €

Cathy Glass

VIOLENTÉE

Lorsque Cathy se voit confier la garde de Jodie, 8 ans, elle ignore qu'elle va être confrontée au cas le plus difficile de sa carrière.

Agressive envers elle-même et son entourage, Jodie a déjà séjourné dans plusieurs familles, qui ont toutes baissé les bras. Elle souffre en effet d'un dédoublement de personnalité, un trouble psychologique grave.

Quels sévices ses parents lui ont-ils donc fait subir pour qu'elle en soit arrivée là? Cathy est décidée à tout pour le savoir. Peu à peu, à force de persévérance, Jodie se met à parler…

***Cathy Glass**, divorcée, trois enfants, est mère d'accueil depuis vingt-cinq ans. Elle a consacré aux petits placés chez elle de nombreux livres, qui se sont vendus à plus d'un million d'exemplaires et sont considérés comme des sources de réconfort par des centaines de milliers de lecteurs. En Grande-Bretagne,* Violentée, *son premier livre, a été numéro 1 des ventes.*

« Un récit bouleversant! »
Star Magazine

« Les parents nourriciers reçoivent rarement les éloges qu'ils méritent. Avec Cathy Glass, cela devrait changer! »
First Magazine

978-2-35287-456-0 / H 51-1668-6 / 336 pages / 7,65 €

Cet ouvrage a été composé
par Atlant'Communication
au Bernard (Vendée)

Impression réalisée par
CPI France
en octobre 2016
pour le compte des Éditions Archipoche

Imprimé en France
N° d'édition : 330
N° d'impression : 3019706
Dépôt légal : janvier 2015